오늘의
청소년
문학 16

직지를 찍는 아이,
아로

정명섭 지음

다른

차례

1 — 청천벽력 7

2 — 흥덕사 24

3 — 금속활자의 비밀 60

4 — 결단 77

5 — 길을 떠나다 101

6 — 위기 128

7 — 종회가 열리다 142

8 — 직지의 길 160

9 — 괴로움에서 벗어나다 190

10 — 아버지 218

* 덧붙이는 글 232

* 참고 문헌 235

* 작가의 말 236

1

청천벽력

고려 우왕 2년(1376) 여름

천 리 길을 달려온 길우는 마을에 도착해서도 걸음을 늦추지 않았다. 십 대 중반에 갸름한 얼굴을 한 길우는 땀범벅이 되어 마을로 들어섰다. 초가집들이 옹기종기 모여 있는 마을 한복판의 우물가에는 아이들이 모여서 열심히 목판에 칼로 글씨 새기는 연습을 하고 있었다. 길우는 마을 제일 안쪽에 있는 초가집으로 향했다. 마당을 서성거리던 늙은 우덕 대행수가 대문을 박차고 들어온 길우에게 물었다.

"어, 어찌 되었느냐?"

"어르신!"

우덕 대행수 앞에 털썩 무릎을 꿇은 길우가 숨을 몰아쉬면서 말했다.

"그것이 만들어지고 있답니다."

"뭐, 뭐라고! 자세히 말해 보아라!"

"흥덕사 주변을 탐문하는데 절에서 일하는 불목하니가 드디어 만들기 시작했다고 말하는 걸 제 귀로 똑똑히 들었습니다."

"혹시 헛소문은 아니겠느냐?"

"제가 물어봤는데 자기 눈으로 똑똑히 봤다고 했습니다."

청천벽력 같은 얘기를 들은 우덕 대행수가 손으로 이마를 짚었다.

"어찌 이런 일이, 조상님들을 무슨 낯으로 뵐꼬."

우덕 대행수가 휘청거리는 걸 본 길우가 벌떡 일어나서 부축했다. 손으로 이마를 짚은 대행수가 길우에게 말했다.

"즉시 행수들을 불러 모아라. 회의를 해야겠다."

"예."

길우는 곧장 마당 구석의 나무에 매달려 있는 종을 쳤다. 마을에 흩어져 일을 하던 행수들이 하던 일을 멈추고 하나둘씩 대행수의 집으로 몰려들었다. 행수들이 방으로 들어오자 우덕 대행수가 떨리는 목소리로 말했다.

"청주에 있는 흥덕사라는 절에서 금속활자를 만들기 시작했네."

행수들은 아무 말도 못 하고 서로 얼굴만 쳐다봤다. 그러다가 거무튀튀한 얼굴에 상투를 틀어 올린 행수 오국첨이 조심스럽게 입을 열었다. 행수들 가운데 가장 나이가 많고 경험이 풍부해서 으뜸 행수 노릇을 하고 있었다.

"어떻게 금속으로 활자를 만들 수 있답니까?"

우덕 대행수가 한숨을 쉬었다.

"아무래도 새로운 방법을 알아낸 모양이네. 이제 시작했다고 하지만 금속활자야 만들기 시작하면 금방 아니겠는가."

행수들이 술렁거렸다. 앞날을 걱정하는 얘기부터 금속으로 활자를 만드는 행태를 비판하는 목소리가 들리자 우덕 대행수가 가래 끓는 소리로 호통을 쳤다.

"지금 한가롭게 그런 얘기들을 할 때가 아니네. 만약 금속활자를 만드는 게 사실이라면 큰일이란 말일세."

마을에서 평소에도 눈치 없기로는 으뜸이던 행수 조판중이 대뜸 나섰다.

"그렇긴 하죠. 금속으로 활자를 만들 수만 있다면 누가 그무겁고 값비싼 목판을 쓰겠습니까?"

조판중은 말을 해 놓고 아차 싶었는지 손으로 입을 막았다. 그런 조판중을 한심한 듯 바라보던 우덕 대행수가 무거운 눈빛으로 말했다.

"당연한 얘기 아닌가? 그러니까 대책을 세우기 위해서 자네들을 모이라고 한 걸세."

"대책이라 하심은?"

오국첨의 물음에 우덕 대행수가 헛기침을 했다.

"그럼 손 놓고 보기만 할 텐가? 지금껏 이 나라의 목판활자와 인쇄는 우리 마을이 도맡아 했네. 그래서 마을 이름도 목골아닌가? 목골."

카랑카랑한 목소리로 우덕 대행수가 목골이라는 말을 강조하자 다들 고개를 끄덕거렸다. 100여 년 전부터 고려가 만든 목판의 대부분은 목골 사람들이 만들었다. 따라서 조상님들이 만든 목판이 무엇이고, 어디에 보관되어 있는지 외우는 것은 애와 어른 할 것 없이 기본 중의 기본이었다.

남자아이들은 걸음마를 배우기 전부터 조각칼 쥐는 법을 배웠고, 엄마 아빠를 말하기 전부터 소나무를 태운 그을음으로 만든 먹인 송연묵 개는 법을 배웠다. 그러다 걸음마를 떼면 작업장에서 잔심부름을 했다. 열 살이 넘으면 글씨를 새길 판목을 소금물에 삶은 다음 햇볕에 말리는 일을 했다. 일을 제대로 배우지 못하는 아이들은 매를 맞거나 밥을 굶는 벌을 받았다.

어릴 때부터 일을 배운 아이들 가운데 손재주와 눈썰미가 좋은 아이들을 따로 뽑아서 판목에 조각칼로 직접 글씨를 새기는 판각수로 일하게 했다. 솜씨가 좋은 판각수들 중에서 우두머리 격인 행수들을 뽑았고, 가장 나이가 많고 경험이 풍부한 행수가 마을 전체와 판각수들을 통솔하는 대행수가 되었다. 판각수가 되지 못한 아이들은 돌배나무와 산벚나무를 잘라다가 판목을 만들고 뒤틀리지 않도록 테두리에 마구리를 끼우는 일을 했다.

목골의 남자아이는 오직 목판활자를 만드는 일만 배웠다. 농사를 짓거나 과거를 보는 일은 금지되었다. 간혹 자식들에게 다른 일을 시키려는 부모가 있었는데 그렇게 되면 가족들은 모두 마을 밖으로 추방되었다. 목판 일을 배우고 싶어 하는 사람들은 많았기 때문에 그들의 빈자리는 금방 채워졌다.

그렇게 목판활자로 먹고사는 목골 사람들에게 금속활자를 만든다는 얘기는 청천벽력 같은 소리였다. 목판은 아무리 정성껏 소금물에 삶아서 햇볕에 말린다고 해도 언젠가는 뒤틀리고 금이 가게 마련이었다. 거기다 목판을 만드는 데는 많은 양의 나무가 필요했다. 책 한 권 분량을 찍는 데 필요한 목판은 방 한 칸을 너끈히 채우고도 남았기 때문이다. 거기다 기술자인 목골 사람들에게 지불해야 할 비용도 만만치 않았다.

그러나 활자 하나하나를 따로 만들어서 인판틀에 붙이는 방식의 금속활자는 만들기는 번거롭지만 보관이 간편했다. 무엇보다 글자 하나만 잘못 새기거나 작은 금이라도 가면 판목 하나를 버려야 하는 목판활자와 달리 해당 활자만 새로 만들면 됐다. 아무리 봐도 목판인쇄보다는 더 편리하고 만드는 비용도 적게 들었다. 하지만 전통을 고수하고 마을의 명맥을 유지한다는 측면에서 보자면 목판인쇄를 포기할 수는 없는 노릇이었다. 따라서 목골에서는 금속활자의 '금' 자도 입 밖에 내지 않았다. 머리를 감싸 쥔 우덕 대행수가 수염을 파르르 떨면서 말했다.

"흉악한 것들, 대체 금속으로 활자를 만들어서 어쩌자는 건지……."

행수들도 혹세무민(惑世誣民)하는 일이라며 비난의 목소리를 높였다. 그러다 우덕 대행수가 손짓을 하자 거짓말처럼 입을 다물었다.

"어떻게든 금속활자가 만들어지는 걸 막아야 한다. 그렇지 않으면 우리 목골은 꼼짝없이 굶어 죽고 말 거야."

"방법이 있겠습니까?"

오국첨의 물음에 우덕 대행수가 굳은 표정으로 말했다.

"다행히 이제 시작한 모양이니 지금이라도 대책을 세우면 될 것이다."

조판중이 다시 눈치 없이 나섰다.

"무슨 수로 금속활자를 만드는 걸 막습니까? 거기다 흥덕사라면 청주에서 가장 큰 절인데 우리 얘기가 먹히겠습니까?"

조판중의 얘기를 들은 우덕 대행수가 엄숙한 어조로 말했다.

"지금 즉시 아로를 데려오너라."

늙은 우덕 대행수의 부름을 받은 아로는 말없이 집 안으로 들어섰다. 깔끔하게 다니는 다른 아이들과 달리 헝클어진 머리에 지저분한 옷차림의 아로는 반항심 가득한 눈빛을 가지고 있었다. 얼굴이 갸름하고 키가 커서 훤칠해 보였기 때문에 반항기 어린 눈빛은 더욱 도드라졌다. 방 안으로 들어선 아로는 우덕 대행수에게 머리를 조아렸다. 아로를 물끄러미 바라보던 우덕 대행수가 물었다.

"올해 나이가 몇이냐?"

"열다섯입니다."

우덕 대행수는 가느다랗게 한숨을 쉬었다. 아로는 목골의 최대 골칫거리였다. 어릴 때는 신동 소리를 들으면서 자랐다. 눈치도 빠르고 총명한 편이라서 마을 사람들의 기대를 한 몸에 받았다. 목판에 글씨를 새기는 일은 특출 난 재주보다는 은근과 끈기, 조심성이 필요했다. 목판에 새겨지는 한문을 읽어야 하고, 목판활자를 주문하는 사찰이나 관청의 비위를 맞추면서도 비싼 값을 받아 내는 협상을 하기 위해서는 똑똑한 머리를 가진 사람이 필요했다. 아울러 목판활자를 만드는 법이 목골 밖으로 새어 나가지 않도록 막는 일도 중요했다. 그런 복잡한 문제를 감당할 수 있는 사람이 필요했고, 아로는 그런 일을 떠맡을 만하게 보였다.

하지만 몇 년 전, 혼자서 아로를 키우던 어머니가 병으로 갑작스럽게 세상을 떠나면서 상황이 돌변하고 말았다. 정확하게는 그녀가 죽기 전에 남긴 말이 문제였다.

그날 이후, 아로는 반항했고 어른들의 말을 듣지 않았다. 아로는 곧 마을에서 따돌림을 당했다. 처음에는 어떻게든 아로의 마음을 바로잡아 보려던 행수들도 하나같이 두 손을 들고 포기하면서 어릴 때는 아로에게 밀려서 눈에 띄지 않았던 길우에게 자연스럽게 눈길을 주었다. 아로가 좀처럼 말을 듣지 않자 차라리 마을 밖으로 쫓아내자는 의견도 있었지만 그렇게 했다가 목골에서만 아는 목판활자를 만드는 법이 알려질까 봐 그러지도 못했다. 그런 아로에게 무슨 일을 맡기느냐는 행수들의 걱정을 뒤로하고 우덕 대행수가 입을 열었다.

"우리 목골이 어떻게 만들어졌는지 아느냐?"

"듣긴 했습니다."

아로의 얘기를 듣고 한숨을 내쉰 우덕 대행수가 말했다.

"몽골이 우리 땅을 침범하여 강화도로 천도했을 때 임금께서는 부처님의 힘을 빌려서 그들을 물리치고자 장경도감(藏經都監)을 세우고 대장경을 만드셨지. 그때 멀리 화주(和州, 오늘날의 함경남도 영흥. 고려 시대에는 쌍성이라고 불렸다.)에서 강화도로 피난을 온 용건이라는 분이 계셨다."

우덕 대행수는 아로가 자신의 이야기를 시큰둥하게 듣는 것을 보고 속으로 울컥했지만 꾹 참고 얘기를 이어 갔다.

"용건 어르신은 가족이 몽골군에게 끌려가고 자신은 고향에서 멀리 떨어져 있다는 생각에 매일 슬퍼하셨다. 그러던 어느 날, 꿈에 부처님이 나타나셨지. 대장경을 완성하면 고향의 가족들을 만날 수 있다는 얘기를 듣고 그날로 장경도감에 가서 대장경을 만드는 일에 동참하셨단다. 잠자는 것도 먹는 것도 잊고 일에 열중하셨단다. 글자 하나를 새길 때마다 세 번씩 부처님께 절을 하고 정성껏 글자를 새기셨단다. 그리하여 15년 동안 무려 8만 장이 넘는 목판에 대장경을 새기는 일에 참여하셨다. 대장경을 완성하는 날, 몽골군에게 잡혀갔던 가족들이 돌아와서 감격적인 해후를 하게 되었단다."

얘기를 하는 우덕 대행수의 눈가가 촉촉이 젖어 들어갔다.

"꿈에도 그리던 가족들과 만난 용건 어르신은 목골에 정착하셨고, 대를 이어서 목판인쇄를 하게 되었단다. 그게 우리 마을의 유래로 알려진 전설이지. 그런데 말이다. 우리에게 큰 위기가 닥치고 말았단다. 무릇 문자란 사람과 사람이 마주치지 않고도 그 뜻을 멀리까지 전할 수 있단다. 목판은 그런 문자를 후대까지 남길 수 있게 해 주지. 그래서 지금껏 우리 목골의 판각수들은 판목을 만들고 거기에 조각칼로 글씨를 새기는 것을 단순히 먹고사는 일로만 생각하지는 않았느니라. 바야흐로 난세다. 홍건적은 두 번이나 쳐들어와서 개경을 불바다로 만들었고, 왜구들은 수시로 침범하여 약탈을 하는 중이란다. 사람들은 기댈 곳이 없어서 고통받고 괴로워하는 중이지. 너도 똑똑히 보지 않았느냐?"

아로는 말없이 고개를 끄덕거렸다. 목판인쇄를 독점한 탓에 목골은 풍년이나 흉년에 상관없이 배를 곯는 일은 없었다. 하지만 근처 마을만 가도 흉년이 들면 굶어 죽는 사람들이 많았다. 거기다 관리들이 수시로 세금을 뜯어 가서 기껏 풍년이 들어도 굶주리기 일쑤였다.

"문자는 힘들고 어려운 시대를 넘길 수 있는 희망이란다. 대장경이 만들어진 것도 무시무시한 몽골의 침입이 있었을 때란다. 그런데 자칫하면 우리 목골의 운명이 나락으로 떨어질 수 있는 일이 벌어지고 있단다. 그걸 해결할 수 있는 사람은 바로 너, 아로뿐이다."

비장한 눈빛으로 자신을 쳐다보는 우덕 대행수에게 아로가 대꾸했다.

"제가요? 싫습니다."

목골에서는 대행수의 말을 정면으로 반박하는 것은 금기나 다름없었다. 예상은 했지만 막상 반항하는 아로를 보자 우덕 대행수는 한숨이 나왔다.

"이번 일을 해 주면 네 아버지에 대해서 알려 주마."

아로가 대번에 달라진 목소리로 물었다.

"아버지는 제가 어릴 때 돌아가신 걸로 알고 있습니다만?"

"네 어머니가 돌아가실 때 사실이 아니라고 털어놓지 않았느냐? 그러면서 꼭 아버지를 찾아가라고 했지?"

"네."

"어머니가 너에게 아버지가 일찍 돌아가셨다고 거짓말을 한 건 나랑 행수들이 시켜서 그런 것이다."

"대체 왜 그러셨습니까?"

아로의 물음에 우덕 대행수는 착 가라앉은 목소리로 말했다.

"때가 아니라고 믿었기 때문이니라."

예전과 똑같은 대답을 들은 아로는 주먹을 불끈 쥔 채 물었다.

"무슨 때 말입니까?"

"모든 일에는 때가 있는 법이니라. 다 너를 위해서 그랬던 것이니 이해해 주기 바란다."

아랫입술을 질끈 깨문 아로가 거칠게 물었다.

"자식이 아버지의 일을 아는데 따로 무슨 때가 필요하단 말입니까? 그리고 온 마을이 모두 짜고 그걸 숨길 만한 이유가 있었던 겁니까?"

우덕 대행수는 흥분한 아로에게 차분하게 말했다.

"어린 네가 알아서 좋을 게 없었기 때문에 그랬던 거다. 네 어머니도 거기에 동의했고. 어쨌든 말이다."

잠시 뜸을 들인 우덕 대행수가 아로의 눈을 바라보면서 얘기했다.

"이번 일을 맡아 주면 일이 끝난 후에 네 아버지에 대해서 알려 주마."

아로가 입을 다물면서 둘 사이에는 침묵이 흘렀다. 한참 동안 말이 없던 아로가 입을 열었다.

"정말입니까?"

"나는 목골의 대행수니라. 마을 사람들과 네 어머니에게 함구령을 내린 것이 나고, 그걸 풀 수 있는 사람도 나뿐이다."

반항 어린 눈빛을 거둔 아로가 물었다.

"아버지가 왜 저와 어머니를 두고 마을을 떠나신 겁니까?"

우덕 대행수는 한참 동안 아로를 쳐다보다가 입을 열었다.

"마을에서 금지된 일을 했기 때문이다. 나머지는 일을 마치고 돌아오면 들려주마."

아로가 물었다.

"어떻게 하면 됩니까?"

"일단 금속활자를 만드는 일에 참여해서 어떻게 만드는지 그 비밀을 알아내야 한다. 그리고 대체 누가 그 금속활자를 만들도록 부추겼는지도 알아보아라. 그다음에는……."

우덕 대행수가 아로를 가까이 앉힌 뒤 조용히 귓속말을 했다. 얘기를 들은 아로의 눈이 커졌다.

"정말입니까?"

아로의 물음에 그는 엄숙한 표정으로 고개를 끄덕거렸다. 그러고는 품속에서 끈이 달린 작은 가죽 주머니를 꺼내 아로에게 건넸다. 아로가 무심코 주머니를 열어 보려고 하자 우덕 대행수가 손사래를 쳤다.

"지금은 펼쳐 보지 말거라."

"이 안에 뭐가 들어 있습니까?"

잔기침을 콜록거리면서 우덕 대행수가 대답했다.

"나중에 알게 될 것이다. 중요한 거니까 꼭 지니고 있어라."

우덕 대행수의 얘기를 들은 아로는 가죽 주머니를 목에 걸었다. 우덕 대행수가 얘기했다.

"시간이 없으니 내일 바로 출발하여라."

인사를 한 뒤 아로가 밖으로 나갔다. 아로의 뒷모습을 지켜보던 우덕 대행수가 조용히 눈을 감고 한숨을 내쉬었다.

다음 날 아로가 출발할 때 목골 사람들은 모두 마을 밖까지 배웅을 나왔다. 미투리가 주렁주렁 매달린 괴나리봇짐을 짊어지고 대나무로 만든 삿갓을 쓴 아로에게 우덕 대행수가 말을 건넸다.

"길이 멀다. 조심해서 가거라."

아로는 아무 대답 없이 고개를 숙여 인사를 하고는 터벅터벅 걸어갔다. 그 광경을 지켜보던 행수 오국첨이 걱정스레 물었다.

"저 녀석을 보내서 뭘 어쩌려고 그러십니까? 지금이라도 돌아오게 하시지요."

비장한 표정으로 아로를 지켜보던 우덕 대행수가 말했다.

"나한테 다 생각이 있다고 하지 않았는가? 돌아가세."

헛기침을 한 우덕 대행수가 뒷짐을 지고 앞장서 걸어갔다. 뒤처져서 가던 행수들은 조심스럽게 얘기를 주고받았다. 우덕 대행수를 천천히 따라가던 오국첨은 고개를 갸웃거리면서 중얼거렸다.

"그나저나 대체 어떤 놈이 금속활자를 만들었을까?"

뒤따라가던 행수 조판중이 맞장구를 쳤다.

"그러게 말입니다. 금속활자를 만들려면 글자를 알아야 하고, 활자도 다룰 줄 알아야 하는데 말이죠."

목판활자를 만드는 데는 많은 것들이 필요했다. 일단 글씨를 알아야 하고, 그다음은 판목을 만질 줄 알아야 했다. 목판에 글씨를 새긴다고 끝이 아니었다. 먹을 묻히고 종이에 찍은 다음 책으로 엮을 줄도 알아야 했다. 이 과정 모두 복잡하고 세밀하기 때문에 한두 해 일한다고 익힐 수 있는 것이 아니었다. 목골처럼 걸음마를 떼기 시작할 때부터 가르쳐도 열다섯 살쯤이 되어서야 겨우 터득하는 정도였다. 다들 정체를 궁금해하는 가운데 조판중이 조심스럽게 입을 열었다.

"설마, 그놈은 아니겠죠?"

앞장서 걷던 오국첨이 눈살을 찌푸리면서 돌아섰다.

"어허, 그자에 대해서 얘기하는 건 금기라는 걸 모르는가?"

오국첨이 윽박질렀지만 조판중도 지지 않고 대꾸했다.

"그건 알고 있지만 워낙 중대한 문제 아닙니까? 금속활자라는 게 목판활자보다 만드는 법이 몇 배는 어렵고 힘든 거라서 쉽게 만들지 못한다고 하여 지금껏 안심하고 있었습니다. 그런데 벌써 금속활자를 만들었다고 하니 그걸로 찍은 책이 나오기라도 한다면 우리한테는 크나큰 재앙입니다. 그때 그놈을 그냥 보내지 말았어야 했는데 말이죠."

행수들이 동조하는 빛을 보이자 오국첨이 목소리를 높였다.

"그래서 지금 대행수 어르신의 뜻에 반하자는 건가?"

분위기가 살벌해지자 조판중이 오국첨의 팔을 잡고 말했다.

"아이고, 그런 뜻으로 말씀드린 게 아니라는 거 잘 아시잖습니까?"

"설사 그자가 흥덕사에서 금속활자를 만든다고 해도 목판활자건 금속활자건 혼자서는 만들지 못하네. 지금도 만들기 시작했다는 것이지 완성했다는 것은 아니지 않나?"

오국첨은 행수들에게 진정하라는 듯 얘기했지만 다들 조급한 표정을 거두지 못했다. 조판중이 다시 입을 열었다.

"그렇다고는 해도 이제 금속활자를 만드는 건 시간문제 아니겠습니까? 거기다 그자는 활자를 만드는 기술을 우리 목골뿐만 아니라 바깥 사람들에게도 가르쳐야 한다고 주장하지 않았습니까? 그런데 다른 사람도 아니고 아로에게 일을 맡기시

다니 도통 대행수 어르신의 뜻을 알지 못하겠습니다."

조판중의 팔을 뿌리친 오국첨이 행수들을 노려보면서 얘기했다.

"그래서 어찌하자는 얘긴가?"

기세에 눌린 조판중과 다른 행수들이 고개를 조아리며 대답하지 못하자 오국첨이 말했다.

"나도 불안하기는 자네들과 마찬가지지만, 설마 목골을 책임지는 대행수 어르신께서 이런 중차대한 시점에서 허튼 결정을 내리시겠나?"

"그렇긴 합니다만 도통 불안해서 말이죠. 일이 잘못되면 우리는 둘째 치고 자식들은 어찌합니까?"

조판중의 하소연 아닌 하소연에 오국첨은 멀찌감치 앞장서 걷는 우덕 대행수의 뒷모습을 보면서 대답했다.

"일단 잠자코 지켜보자고. 그러니까 쓸데없는 말들 나오지 않게 잘 단속하게."

"알겠습니다."

2

흥덕사

"우아!"

청주 흥덕사의 웅장한 대문을 본 아로는 놀라서 벌린 입을 다물지 못했다. 때마침 통이 넓은 누런색 바지 차림의 할머니가 대문을 쓸고 있었다. 할머니의 얼굴은 온통 주름으로 덮여 있어서 도무지 나이를 짐작하기 어려울 정도로 늙어 보였다. 허리를 편 할머니는 거지꼴이나 다름없는 아로를 보고는 혀를 찼다.

"아이고, 어디서 왔니?"

아로는 엉겁결에 목골이라고 대답하려다가 우덕 대행수의 얘기를 기억하고는 얼른 준비한 대답을 했다.

"배, 백주(白州, 오늘날의 황해남도 배천군)요."

"이름은?"

"아로예요."

"그래, 아로야. 밥은 먹었니?"

아로는 대답 대신 홀쭉해진 배를 쓰다듬었다. 목골을 출발할 때 받아 온 여비가 중간에 떨어져서 며칠 동안 제대로 먹지 못했다. 할머니가 아로의 머리를 쓰다듬으면서 말했다.

"따라오너라. 마침 수행을 떠나는 스님들한테 만들어 드리고 남은 주먹밥이 있을 게다."

눈이 번쩍 뜨인 아로는 할머니를 따라 흥덕사 안으로 들어갔다. 아로는 목골의 몇 배는 커 보이는 사찰의 크기에 압도당했다. 입을 딱 벌린 아로가 주변을 둘러보자 걸음을 멈춘 할머니가 친절하게 설명을 해 줬다.

"밖에서 보던 것보다 크지? 흥덕사는 신라 시대 때부터 있었던 절이란다. 저기, 중문 보이지? 저 안으로 들어가면 큰 오층석탑이 하나 서 있고, 그 뒤에 금당(金堂, 본존불을 안치한 사찰의 중심 건물로 대웅전이라고 부른다.)이 자리 잡고 있단다. 그리고 그 주변으로 회랑이랑 강당이 빙 둘러싼 형태로 되어 있지. 이 근방에서는 가장 큰 사찰이란다."

할머니의 설명을 들으면서 아로는 계속 주변을 두리번거렸다. 우덕 대행수에게 지시받은 대로 금속활자를 만드는 곳을 찾아야 했기 때문이다. 내친김에 중문 안까지 들어가고 싶었지만 부엌은 중문 바깥 서쪽 회랑 쪽에 있었다. 부엌에는 할머니처럼 차려입은 여인들이 몇 명 있었는데, 구석진 곳으로 들어간 할머니는 잠시 후 아이 머리통만 한 주먹밥 하나와 물이 든 대나무 통을 들고 나왔다. 배가 고팠던 아로는 바닥에 주저앉아서 주먹밥을 먹기 시작했다. 물통을 들고 지켜보던 할머니가 물었다.

"어린 나이에 어째서 고향을 떠난 게냐?"

"흉년이 심하게 들었는데 왜구까지 쳐들어온다는 소문까지 돌아서요. 피난을 떠났다가 중간에 부모님을 잃어버리고 혼자서 친척 집을 찾아서 남쪽으로 내려왔어요."

아로가 지어낸 얘기를 들은 할머니가 물통을 건넸다.

"체할지 모르니 꼭꼭 씹어 먹어라."

대나무 물통 안에 든 물을 벌컥벌컥 마시고 길게 트림을 한 아로는 한결 여유로운 눈으로 주변을 둘러봤다. 하지만 사찰이 너무 넓고 회랑이 둘러치고 있어서 어디서 금속활자를 만드는지 도무지 알 길이 없었다. 그렇게 아로가 두리번거리는 사이 어디선가 굵직한 기침 소리가 들려왔다.

"이 아이는 누구요?"

목소리의 주인공은 허름한 납의(衲衣, 스님들이 입는 회색 옷)를 입은 늙은 스님이었다. 등이 한참 굽어서 손에 쥔 대나무 지팡이가 없었다면 당장이라도 앞으로 넘어질 것만 같았다. 마른나무처럼 앙상한 몸에 짧게 자른 머리는 눈처럼 하얀색이었다.

공손하게 허리를 굽혀 인사를 한 할머니가 말했다.

"백주에서 온 아로라는 아이예요. 배가 고픈 것 같아서 주먹밥 좀 먹이려고 데리고 들어왔어요."

"사방에 굶주리는 사람들뿐이구려. 잘 돌봐 주시오."

늙은 스님은 콜록거리면서 돌아섰다. 멀어져 가는 스님을 지켜보던 할머니는 남은 주먹밥을 삼키고 있던 아로에게 물었다.

"어디 머물 곳은 있느냐?"

손가락으로 입가에 묻은 밥알을 떼어 내던 아로는 고개를 저었다. 그러자 할머니가 한숨을 푹 내쉬었다.

"생각 같아서는 여기 머물게 하고 싶지만 나 혼자 결정할 일도 아니고 말이다."

할머니의 얘기를 들은 아로는 눈만 껌뻑거렸다. 어떻게든 흥덕사에 남아서 금속활자를 만드는 일에 동참해야 하는데 이렇게 되면 발도 들여놓을 수 없다. 순간적으로 머리를 굴린 아로는 갑자기 배를 움켜잡고 바닥에 데굴데굴 굴렀다.

"아이고, 배야."

방금 전까지 멀쩡하던 아로가 갑자기 배를 잡고 아프다고 고래고래 소리를 지르자 할머니는 당황하고 말았다. 일부러 아파 보이기 위해서 얼굴에 잔뜩 힘을 주고 뒹굴던 아로는 정신을 잃고 기절한 척 축 늘어져 버렸다. 할머니가 발을 동동 구르면서 도와 달라고 하자 사방에서 발소리와 함께 다양한 목소리가 들려왔다. 할머니가 빈방에 옮겨 놓으라고 하자 누군가 아로를 번쩍 들어 올리는 것이 느껴졌다. 아로는 돗자리가 펴진 방에 눕혀졌다. 뒤따라 방 안으로 들어온 할머니는 혹시나 더 울지 모른다면서 부채질을 계속 해 주었다. 아로의 이마를 쓰다듬으며 말했다.

"얼마나 못 먹었으면 주먹밥 하나를 먹고 이렇게 쓰러지누."

할머니의 안쓰러운 목소리를 들은 아로는 헛소리를 하는 척 중얼거렸다.

"엄마, 보고 싶어요. 엄마!"

어릴 때 병으로 세상을 떠난 엄마가 떠오른 아로는 진짜로 슬퍼졌다. 기절한 척 꾸미고 있다는 것도 잊은 채 눈물을 흘린 아로는 마침내 엉엉 울고 말았다. 뒤늦게 실수를 알아챘지만 머리맡에 앉아 있던 할머니도 울고 있는 중이라 아무것도 눈치채지 못했다. 한숨을 짓던 할머니는 아로가 정신을 차린 척하자 입을 열었다.

"부모님을 찾을 때까지 나랑 같이 있자꾸나."

"저, 정말이요?"

아로가 눈을 깜빡거리면서 묻자 할머니는 주름진 손으로 아로의 이마를 쓰다듬어 주면서 말했다.

"그럼, 설마 내가 너 하나 거두지 못하겠느냐? 나랑 같이 지내면서 쉬엄쉬엄 사찰 일도 도와주면 누가 뭐라고 안 할 거다."

할머니의 따뜻한 눈을 본 아로는 마음속 깊이 죄책감을 느꼈다. 하지만 흥덕사에서 만드는 금속활자의 비밀을 알아내기 위해서는 어쩔 수 없었다. 아로가 일어나려고 하자 할머니는 조용히 웃으면서 말렸다.

"괜찮으니까 좀 더 누워 있거라. 나는 하던 일을 마저 하고 돌아오마."

아로는 문을 열고 나가려는 할머니에게 물었다.

"저, 할머니 이름이 궁금해요."

문에 한 손을 짚은 할머니가 대답했다.

"내 이름은 묘덕이란다. 이 절에서 밥을 하고 빨래를 해 주는 공양주로 일하고 있지."

그렇게 아로는 흥덕사에 머물게 되었다. 묘덕 할머니라는 공양주와 함께 지내면서 잔심부름을 하고 청소 일을 도왔다. 어릴 때부터 판각수 일을 배우느라 나무를 베고 판목을 짜는 일을 하던 아로에게는 별로 힘들지 않은 일이었다. 끼니는 묘덕 할머니가 챙겨 줬다. 묘덕 할머니는 아로를 손자처럼 대했고, 아로도 할머니라고 스스럼없이 불렀다. 큰 사찰인 흥덕사에는 스님들만 해도 100여 명이 넘었고, 어린 동자승과 묘덕 할머니 같은 공양주까지 합하면 200명이 넘었다. 묘덕 할머니는 아주 오랫동안 흥덕사에서 지냈는지 모르는 사람이 없었다. 아로는 시간이 날 때마다 사찰 안을 돌아봤지만 금속활자를 만드는 곳은 찾을 수 없었다.

남은 곳은 중문 안이었지만 아직 들어갈 기회가 없었다. 첫날 만났던 늙은 스님은 대나무 지팡이에 몸을 의지한 채 묘덕 할머니를 가끔씩 보러 왔다. 다른 사람들에게는 스스럼없이 대하던 묘덕 할머니는 늙은 스님에게만큼은 깍듯하게 대했다. 아로가 늙은 스님에 대해 묻자 묘덕 할머니는 볼이 푹 파일 정도로 미소를 지으면서 말했다.

"오랫동안 수행하신 스님이란다. 젊은 시절에는 원나라에도 갔다 오셨다는구나."

어느 날, 궁금증을 참지 못한 아로는 묘덕 할머니를 만나고 돌아가던 늙은 스님을 쫓아갔다. 중문 쪽으로 향하던 스님은 뒤에서 들려오는 발소리에 걸음을 멈추고 고개를 돌렸다.

"어쩐 일이냐?"

아로가 우물쭈물하면서 입을 열었다.

"저, 궁금해서요."

아로의 말을 들은 늙은 스님이 이가 빠져서 움푹 들어간 입으로 씩 웃었다.

"하긴, 나도 너만 한 나이 때는 호기심이 왕성했지. 뭐가 궁금한 게냐?"

"이것저것 전부 다요."

때마침 중문을 열고 밖으로 나오던 스님들이 공손하게 합장을 하고는 옆으로 물러났다. 흥덕사 안은 마음대로 돌아다닐 수 있었지만 금속활자를 만드는 곳은 찾지 못했다. 이곳을 잘 아는 늙은 스님과 얘기하다 보면 단서를 찾을 수 있을 것 같다는 생각에 슬쩍 물어본 것이다.

"사찰 구경을 하고 싶은 게냐?"

스님의 물음에 아로가 고개를 끄덕거렸다.

"네."

"그럼 따라오너라."

뜻하지 않게 사찰을 둘러볼 기회를 얻은 아로는 냉큼 늙은 스님을 부축하면서 중문 안으로 들어갔다. 커다란 오층 석탑이 위용을 뽐내며 서 있고, 석탑의 모서리에 달려 있는 작은 종인 풍경(風磬)들은 불어오는 바람에 가느다랗게 종소리를 냈다. 석탑 뒤로 금당이 보였다. 좌우에는 스님들이 수행을 하는 강당이 나란히 자리하고 있었다. 새소리도 들리지 않을 것 같은 고즈넉함에 잠시 정신이 팔린 아로에게 늙은 스님이 손짓했다.

"석탑 아래로 가자꾸나. 거기 그늘이 제법 시원하지."

아로는 늙은 스님을 부축해서 석탑 쪽으로 걸어갔다. 그런 와중에도 늙은 스님은 지나가던 스님들과 일일이 눈인사를 나눴다. 석탑은 생각보다 거대했다. 돌로 만든 기단에 걸터앉은 늙은 스님이 숨을 돌리는 사이, 아로는 석탑을 올려다봤다.

회색빛이 도는 돌로 만든 석탑의 몸통인 탑신(塔身)에는 둥근 고리가 달린 문과 문 양쪽에 귀신처럼 생긴 인왕상이 새겨져 있었다. 사면이 모두 그렇게 되어 있었는데 인왕상들의 생김새가 다 달랐다. 돌로 만들었다고는 믿기지 않을 만큼 매끈하게 다듬어져 있었다. 특히 탑의 몸통 중간중간에 지붕처럼 만들어 놓은 옥개석(屋蓋石)의 모서리 끝은 흡사 기와지붕의 처마처럼 위쪽을 향하도록 만들어 놨다. 덕분에 돌이 가지는 엄청난 무게감 대신 당장이라도 날아오를 것만 같은 경쾌함이 느껴졌다. 아로가 탑을 올려다보면서 입을 다물지 못하자 스님이 부드러운 목소리로 물었다.

"아름답지?"

넋이 나간 채로 석탑을 바라보던 아로가 대답했다.

"네. 옥개석의 네 모서리가 하늘로 향해 당장이라도 날아오를 것만 같아요."

"이 오층 석탑은 흥덕사가 세워질 때 같이 만들어졌단다."

아로가 석탑에서 눈을 떼지 못한 채 대꾸하자 스님은 빙그레 웃으면서 말했다.

"그래, 무엇이 궁금한지 말해 보거라."

냉큼 늙은 스님의 앞에 자리 잡고 앉은 아로가 물었다.

"젊은 시절에 원나라에 갔다 오셨다고 들었습니다."

"그렇지. 이십 년 전이었던가? 원나라 호주(湖州)라는 곳에 사시는 석옥 선사에게서 가르침을 받았단다."

"원나라는 정말 소문대로 넓은 곳인가요?"

아로의 물음에 스님이 웃음을 지으며 대답했다.

"그럼, 몇 날 며칠을 가도 평지뿐이란다. 거기다 사람들은 또 얼마나 많은지 모른단다."

"거기서 불법을 배우고 흥덕사로 돌아오신 건가요?"

아로는 얘기를 나누면서 조심스럽게 주변을 살폈다. 하지만 주변 어디에도 금속활자를 만들 만한 곳은 보이지 않았다. 아로의 속마음을 아는지 모르는지 늙은 스님은 자신의 얘기를 계속했다.

"그분의 가르침을 받은 뒤 멀리 천축(天竺, 오늘날의 인도)에서 오신 지공 선사 밑에서 몇 년 동안 더 불법을 닦다가 고려로 돌아왔단다. 그리고 여기저기를 떠돌면서 세월을 보냈지. 그러다 나이를 먹고 병이 들어서 이곳 흥덕사에 의탁하고 있는 중이란다."

"평생 뭘 찾기 위해서 떠도신 건가요?"

뜻밖의 질문이라고 생각했는지 늙은 스님은 잠시 아무 대답도 하지 않았다. 그러다가 고개 들어서 하늘을 바라봤다. 하늘은 맑고 푸르렀다. 살짝 눈을 찡그린 스님이 말했다.

"뭘 찾기 위해서가 아니라 도망치기 위해서 떠돈 것인지도 모르지."

"도망치기 위해서요?"

수행을 오래 하신 스님이라 그런지 도통 의미를 알 수 없는 얘기였다. 계속 물어보려는 찰나, 멀리서 낯선 목소리가 들려왔다.

"경한 스님! 여기 계셨군요."

목소리의 주인공은 스님인지 산 도적인지 분간이 가지 않을 정도로 몸집이 크고 우락부락한 젊은 스님이었다. 검게 탄 얼굴에는 칼자국으로 보이는 상처가 여기저기 나 있어서 쉽사리 말을 붙이지 못할 것 같았다. 험악하게 생긴 젊은 스님은 탑의 기단에 걸터앉아서 아로와 얘기를 나누던 늙은 스님 앞으로 헐레벌떡 달려왔다.

"석찬이구나? 어쩐 일이냐?"

늙은 스님의 물음에 몸집이 큰 젊은 스님은 아로를 힐끔 쳐다보고는 대꾸했다.

"급히 가 보셔야겠습니다."

"무슨 일이냐?"

"금속……."

젊은 스님은 아로를 미덥지 못한 눈으로 쳐다보더니 말을 잘랐다.

"가면서 말씀드리겠습니다. 급합니다."

금속이라는 얘기가 나오자 늙은 스님의 표정이 달라졌다.

그는 곧바로 아로를 바라보면서 말했다.

"아로야. 궁금한 건 다음에 물어보려무나."

지팡이를 짚고 일어선 경한 스님의 말에 아로는 고개를 꾸벅거렸다.

"알겠습니다. 스님."

경한 스님을 부축한 석찬 스님이 아로에게 말했다.

"얼른 문밖으로 나가거라."

아로는 중문 쪽으로 걸어가면서 반대쪽으로 향하는 두 사람을 힐끔 바라봤다. 주고받은 대화의 내용으로 봐서는 분명 금속활자와 관련이 있는 게 분명했다.

석탑 오른편의 강당 쪽으로 향하는 두 사람을 본 아로는 얼른 몸을 돌려 두 사람의 뒤를 쫓았다. 두 사람은 긴 회랑처럼 이어진 강당의 뒤로 돌아갔다. 주변을 살핀 아로는 기둥 뒤에 숨어 두 사람의 움직임을 살폈다. 강당 뒤편의 담장에는 한 사람이 겨우 드나들 수 있을 정도로 작은 문이 하나 있었다. 석찬 스님이 한 손으로 문을 열고 다른 한 손으로는 경한 스님을 부축해서 밖으로 나갔다. 두 사람이 문밖으로 나가는 걸 본 아로는 조심스럽게 뒤따라갔다.

문밖으로 작은 오솔길이 나 있었는데 흥덕사와 접해 있는 운천산으로 이어졌다. 조심스럽게 길을 살펴보던 아로의 눈에 산기슭으로 향하는 두 사람의 뒷모습이 보였다. 침을 꿀꺽 삼키고 아로는 발걸음을 내디뎠다. 운천산은 높지는 않지만 나무들이 우거져 있고 바위들이 많아서 밖에서는 잘 보이지 않았다. 두 사람이 점점 더 산 깊숙한 곳으로 들어가자 의심을 품게 된 아로도 그 뒤를 따랐다. 계단처럼 생긴 커다란 바위를 넘어가자 병풍처럼 깎아지른 절벽이 보였다. 몸을 숨기느라 두 사람의 행방을 놓쳐 버린 아로는 당황했다.

주변을 두리번거리던 아로의 눈에 절벽 너머로 한 줄기 연기가 피어오르는 게 보였다. 연기가 나는 쪽으로 가까이 가자 완전히 막혀 있는 것처럼 보이던 절벽 사이에 좁은 틈이 보였다. 아로는 조심스럽게 절벽의 틈새로 몸을 집어넣었다. 그리고 곧 그 반대편으로 나오는 데 성공했다.

절벽 안의 풍경은 아로의 상상을 뛰어넘었다. 반대편 골짜기에서 내려오는 폭포의 우렁찬 소리가 절벽 안의 숨겨진 공간에 울려 퍼졌다. 기둥을 세우고 지붕을 올린 작업장이 다닥다닥 붙어 있는 게 보였다. 오른쪽 끝 작업장에 쇠를 녹이는 화덕이 있는 것으로 봐서는 대장간으로 보였다. 그 옆에는 초가집 한 채가 서 있었다. 일하는 사람들은 대장간 주변에 몰려 있었는데 다들 둥그렇게 서서 뭔가를 내려다보고 있었다. 그들을 정신없이 지켜보던 아로는 갑자기 억센 손에 뒷덜미가 붙잡혀 허공에 번쩍 들렸다.

"쥐새끼 한 마리가 따라붙은 것 같더니 너였구나!"

두 발을 버둥거리면서 고개를 돌리자 석찬 스님의 험상궂은 얼굴이 보였다. 석찬 스님은 한 손으로 아로를 든 채 작업장 쪽으로 걸어갔다. 아로는 파랗게 질린 채 싹싹 빌었다.

"잘못했어요. 엿보려고 한 게 아니라 궁금해서 따라온 것뿐이에요."

"시끄러! 처음 볼 때부터 마음에 안 들었어."

석찬 스님이 아로를 번쩍 들어서 대장간으로 들어서자 모여 있던 사람들이 일제히 그들을 돌아봤다. 절반은 머리를 깎고 납의를 입은 스님들이었고, 나머지 절반은 상투를 튼 백성들이 었다. 다들 움직이기 편하게 웃통을 벗었거나 조끼만 걸쳤고, 바지의 무릎 아래쪽은 끈으로 조인 상태였다. 피곤한지 눈빛들이 차가워 보였다.

"그 꼬맹이는 누구입니까?"

한쪽 무릎을 꿇고 대장간의 화덕을 들여다보던 젊은 스님이 물었다. 석찬 스님과 나이가 비슷해 보였는데 생긴 건 완전히 반대였다. 둥글둥글한 얼굴에 축 처진 눈을 하고 있어서 더없이 착해 보였다. 석찬 스님이 아로를 땅바닥에 거칠게 내려놓으면서 말했다.

"얼마 전부터 흥덕사에서 지내는 아이인데 뭔가 수상쩍어."

석찬 스님의 얘기에 아로는 손사래를 쳤다.

"아니에요. 그냥 궁금해서 따라와 봤어요."

"시끄러! 너 어디서 왔어?"

솥뚜껑 같은 손바닥으로 당장이라도 내리칠 것처럼 눈을 부라린 석찬 스님을 맨 처음 말을 건 젊은 스님이 뜯어말렸다.

"잠깐만, 혹시 그 사람 아들 아닐까요?"

"아들?"

두 스님이 뜻 모를 눈빛을 주고받는 사이 뒤에서 호통 소리가 들렸다.

"뭣들 하는 짓이냐!"

호통을 친 것은 경한 스님이었다. 대나무 지팡이로 바닥을 탁탁 두드린 경한 스님이 헛기침을 하자 석찬 스님은 입을 다물고 고개를 조아렸다. 어찌할 바를 모르던 아로 앞에 선 경한 스님이 석찬 스님에게 호통을 쳤다.

"명색이 승려라는 자가 아이를 이렇게 핍박해도 되는 것이냐?"

"그, 그것이 아니오라."

조용조용하던 경한 스님이 사람이 달라 보일 정도로 화를 냈다.

"승려가 되면 참을 인 자를 가슴에 새겨 놓아야 한다고 몇 번이나 얘기하지 않았느냐? 아직도 옛날 버릇을 버리지 못한 게냐?"

석찬 스님을 한참 꾸짖은 경한 스님은 땅바닥에 주저앉아 있던 아로를 바라봤다.

"괜찮으냐? 놀라게 해서 미안하구나."

"아, 아닙니다."

말끝을 흐린 아로는 조심스럽게 주변을 살펴봤다. 이곳이 바로 목골의 우덕 대행수가 얘기한 금속활자를 만드는 곳 같았다. 아로의 모습을 본 경한 스님이 빙그레 웃었다.

"나이가 올해 몇이라고 했지?"

경한 스님의 물음에 아로가 대답했다.

"열다섯입니다."

"그래, 호기심이 한창 많을 나이지. 이왕 왔으니 나랑 같이 천천히 둘러보겠느냐?"

뜻밖의 얘기에 아로는 바로 고개를 끄덕거렸다. 석찬 스님이 못마땅한 눈길로 바라보는 가운데 경한 스님이 아까 화덕을 들여다보던 또 다른 스님을 손짓으로 불렀다.

"대령 선사 편을 다시 썼네. 방에 있으니까 가져다 쓰게나."

"번거롭게 해 드려서 죄송합니다."

"아닐세. 쉽지 않은 일이니 이 정도는 각오해야지."

나이에 맞지 않게 호탕하게 웃은 경한 스님이 아로를 데리고 폭포 옆으로 갔다. 폭포 아래 쟁반같이 생긴 호수에는 물보라 때문인지 무지개가 걸려 있었다. 지팡이를 짚고 물가에 선 경한 스님이 무지개를 경이로운 눈길로 올려다봤다.

"아름답지 않으냐? 칠십 평생 중국을 비롯하여 고려 방방곡곡을 돌아다녀봤지만 이 폭포처럼 아름다운 것은 보지 못했느니라."

아로는 폭포보다는 작업장 쪽에 관심이 더 많았다. 그런 낌새를 눈치챘는지 경한 스님은 껄껄거리면서 돌아섰다.

"따라오너라. 금속활자 만드는 걸 보여 주마."

작업장에는 커다란 탁자가 놓여 있었고, 주변에는 작은 나무토막과 옹기, 쌓아 올린 모래들이 가득했다. 아로가 궁금한 눈빛으로 바라보자 경한 스님은 아까 불렀던 스님을 다시 오라고 손짓하면서 말했다.

"달잠 스님은 이곳에서 일한 지 제법 돼서 모르는 게 없단다."

경한 스님은 달려온 달잠 스님에게 말했다.

"우리가 무슨 역적질을 하는 것도 아니고 숨길 게 무에 있느냐? 전부 다 보여 주어라."

그러면서 아로의 어깨를 두드렸다.

"다 보고 나서 나랑 차나 한잔 하자꾸나."

어서 가 보라는 경한 스님의 손짓에 아로는 꾸벅 고개를 숙였다. 다행히 달잠 스님은 아로를 의심하지 않는 눈치였다. 그가 아로를 맨 처음 데려간 곳은 작업장 끝에 있는 흙더미였다.

한쪽에서는 바지를 걷은 일꾼들이 폭포 아래 호수에서 떠 온 물을 흙에 붓고 열심히 발로 밟는 중이었다.

"나중에 틀을 만들기 위해서는 흙을 찰지게 만들어야 한단다."

"틀이요?"

아로의 물음에 달잠 스님이 탁자 쪽으로 걸어갔다. 때마침 젊은 스님 한 명이 바가지에 든 노란 액체를 나무틀 위에 천천히 붓고 있었다. 호기심 어린 아로의 눈빛을 본 달잠 스님이 설명했다.

"벌집에서 나오는 밀랍이란다. 일단 녹인 밀랍을 나무틀에 저렇게 부어서 밀랍으로 만든 판형을 만드는 게 금속활자를 만드는 일의 시작이지."

"금속활자를 만드는 데 왜 밀랍을 써요?"

옆에 바짝 붙은 채 묻는 아로에게 달잠 스님이 씩 웃으면서 말했다.

"밀랍이 먹물을 깨끗하게 잘 빨아들이거든. 거기다 금속은 단단하기 때문에 쉽게 다룰 수 있는 게 아니란다. 오랜 과정을 거쳐 천천히 정성껏 다뤄야만 비로소 세상에 모습을 드러내지."

달잠 스님이 말이 많은 성격이라는 걸 알아챈 아로는 속으로 다행이라고 생각했다. 달잠 스님이 침을 튀기면서 설명을 이어 갔다.

"반나절에서 하루 정도 지나면 밀랍은 이 정도로 굳어진단다. 그 위에 스승님이 글씨를 쓰신 종이를 뒤집어서 붙이는 게 다음 과정이지. 저쪽에 있으니까 가져다주겠니?"

아로는 종이를 집어서 가져갔다. 종이에는 글씨들이 적당한 간격을 두고 적혀 있었는데 하나같이 정갈하면서도 힘이 넘쳐 흘렀다. 아로가 글씨를 들여다보자 달잠 스님이 웃으면서 말했다.

"글자를 아는 모양이구나. 스승님이 쓰신 거란다."

"연세가 저렇게 드셨는데도 글씨가 흐트러지지 않았네요."

종이를 건네준 아로의 말에 달잠 스님이 껄껄거렸다.

"지금은 저렇게 조용하시지만 젊은 시절에는 대단하셨다는구나."

"정말이요?"

아로는 믿기지 않는다는 눈길로 초가집의 섬돌 앞에 쭈그려 앉은 경한 스님을 바라봤다.

"나도 직접 보지는 못하고 소문으로만 들었지. 중국에 계실 때 호랑이를 맨손으로 때려잡고, 흉악한 도적들을 감화해 모조리 출가시켰다고 하더구나."

호탕한 웃음으로 대화를 마무리한 달잠 스님이 넘겨받은 종이를 가지고 나무틀 안의 밀랍에 천천히 붙였다. 그리고 두툼한 손바닥으로 쫙쫙 펼친 다음에 두툼한 나무판을 올렸다. 그러고는 아로에게 말했다.

"이렇게 하루 정도 놔두면 밀랍 판형에 종이에 쓴 글씨가 그대로 스며든단다."

"와!"

아로의 감탄사에 달잠 스님이 어깨를 으쓱거렸다.

"저 옆 작업장에 글씨가 새겨진 밀랍 판형이 있을 게다. 따라오너라."

어느덧 아로를 친근하게 대하며 달잠 스님이 바로 옆 작업장으로 향했다. 그곳의 탁자에 놓인 밀랍 판형들을 본 아로의 입에서는 감탄사가 흘러나왔다.

"우아! 신기해요. 정말 밀랍에 글씨가 새겨졌네요?"

탁자 옆에 놓인 커다란 칼을 집어 든 달잠 스님이 나무로 된 자를 대고 밀랍을 조심스럽게 잘랐다. 그렇게 잘라진 밀랍 덩어리들은 옆에 있던 스님들의 손에 넘어갔다. 판목에 글씨를 새길 때 쓰는 것과 비슷하게 생긴 작은 조각칼과 끌을 쥔 스님들은 조각난 밀랍에 새겨진 글씨들의 주변을 조심스럽게 파냈다. 목판인쇄를 할 때에도 주변을 깎아서 조각된 글씨들을 도드라지게 하기 때문에 아로의 눈에는 익숙한 광경이었다. 다른 점이라면 판목 전체에 글씨를 새기고 작업하는 목판인쇄와 달리 금속활자는 밀랍에 글씨를 새겨서 하나씩 따로 떼어 낸다는 점이 달랐다. 그렇게 글씨를 하나씩 품은 밀랍 덩어리들은 구석에 차곡차곡 쌓였다. 달잠 스님이 활(活) 자가 새겨진 밀랍 덩어리를 아로에게 보여 주면서 말했다.

"이걸 어미자라고 부른단다. 이런 식으로 활자를 따로따로 만드는 것이 시작이지."

옆에서는 밀랍을 젓가락처럼 길게 만드는 중이었다. 아로가 흥미를 보이자 달잠 스님이 잘라진 밀랍 덩어리에 젓가락처럼 길게 뽑아낸 밀랍을 붙였다.

"이렇게 연결시키기 위해서지. 그래야 나중에 거푸집으로 둘러쌀 때 활자를 만들어 낼 수 있거든."

아로는 침을 꿀꺽 삼키고 귀를 기울였다.

"가지를 연결한 어미자들을 거푸집으로 둘러싼 다음에 쇳물을 붓는단다. 그러면 밀랍이 녹아 버리고 금속활자가 만들어지는 거지."

"아! 그래서 화덕이 있었던 거군요."

아로는 고개를 끄덕거리면서 먼발치에 있는 화덕을 바라봤다. 아로가 열심히 듣는 모습을 보자 달잠 스님은 기분이 좋아졌는지 활짝 웃으면서 얘기했다.

"쇳물 작업도 보여 주고 싶긴 한데 어미자 만드는 일이 워낙 밀려서 말이다."

"다음에 꼭 보여 주세요."

아로가 초롱초롱한 눈빛으로 올려다보면서 얘기하자 달잠 스님이 초가집을 바라봤다.

"그러자꾸나. 스승님이 기다리고 계시니까 얼른 가 봐라."

인사를 하고 작업장을 빠져나온 아로는 때마침 도끼를 들고 장작을 패던 석찬 스님과 마주쳤다. 웃통을 벗은 석찬 스님의 몸은 크고 작은 상처로 가득했다. 그걸 본 아로가 흠칫 놀라자 인상을 쓴 석찬 스님은 손바닥에 침을 뱉고는 도끼를 움켜쥔 다음 장작을 쪼갰다. 어른 몸통만 한 두께의 장작은 단 한 번의 도끼질로 두 동강이 났다. 스님답지 않은 살기 어린 모습에 아로는 얼른 발걸음을 떼서 경한 스님이 기다리고 있는 초가집으로 향했다.

두 칸짜리 초가집은 사람이 겨우 들어가서 누울 정도로 작아 보였다. 널빤지를 이어 맞춘 허름한 문을 열고 들어가자 경한 스님이 돗자리가 깔린 바닥에 앉아 계셨다. 스님 앞에는 대나무로 만든 작은 소반이 놓여 있고, 그 위에는 이 빠진 찻잔들과 낡은 찻주전자가 놓여 있었다.

한쪽 벽에는 대나무로 만든 선반이 있었는데 그곳에는 책과 활자들이 차곡차곡 정리되어 있었다. 아로가 들어오는 걸 본 경한 스님은 한 손을 들어서 맞은편 자리를 가리켰다.

"앉아라."

아로가 자리에 앉자 스님은 한 손으로 찻주전자를 들어서 앞에 놓인 잔에 따랐다. 찻잔 안으로 진한 찻물이 부어졌다.

"떡차가 제법 진하단다. 뜨거우니까 조심하여라."

"감사합니다."

공손하게 대답한 아로는 두 손으로 찻잔을 집어 들고 한 모금 마셨다. 차를 한 모금 마신 경한 스님은 아로를 바라보면서 물었다.

"돌아보니 어떠하더냐?"

"신기한 모습이 많았습니다. 그런데 어떤 책을 찍어 내시는 건가요?"

아로의 물음에 스님은 찻잔을 내려놓고 대나무 선반에서 낡은 책 한 권을 꺼내서 개다리소반 위에 올려놨다. 아로는 책 표지에 쓰인 제목을 천천히 읽었다.

"《직지심체요절(直指心體要節)》."

경한 스님이 푸근한 미소와 함께 입을 열었다.

"글자를 알고 있는 것 같긴 했는데 제법이구나. 어디서 배웠느냐?"

질문을 받은 아로는 거짓말로 둘러댔다.

"옆집 향선생(鄕先生, 고려 시대의 훈장)께 배웠습니다. 그런데 이것은 어떤 책입니까?"

"원나라 호주에 있을 때 가르침을 내리신 석옥 선사께서 이 책을 나에게 선물로 주셨단다. 부처님의 높은 뜻을 모르고 방황할 때마다 읽으면서 마음을 가다듬었지. 이 책은 나에게 길이나 다름없었단다. 호랑이는 죽어서 가죽을 남기고 사람은 죽어서 이름을 남긴다고 했던가? 나는 이름조차 남기고 싶지 않느니라. 허나 이 책만큼은 후대에 전하고 싶단다."

"그럼 이 책을 그대로 내시는 건가요?"

아로의 물음에 스님은 미소와 함께 고개를 저었다.

"천축과 중국의 이름난 선사들의 법어를 추가하고 게송들도 더 넣어서 두 권으로 만들 생각이란다. 옛것을 따르되 새로운 것을 덧붙이려고 하지."

얘기를 들은 아로는 참으려고 했지만 호기심을 이기지 못하고 질문했다.

"그런데 왜 목판으로 하지 않고 금속활자로 찍으려고 하십니까?"

대답 대신 한참이나 아로를 바라보던 경한 스님은 대나무 선반에서 책 한 권을 더 꺼냈다. 책 제목을 본 아로는 어리둥절해했다.

"이것도 같은 책이네요?"

고개를 끄덕거린 경한 스님이 말했다.

"맞다. 몇 년 전에 여주 취암사에서 목판으로 찍었었지. 다들 목판인쇄로 해야 한다고 해서 따라 했다가 크게 후회하고 말았단다.”

“왜요?”

“일단 책 한 권에 필요한 목판이 이 집을 꽉 채울 만큼이더구나. 보관을 조금만 잘못해도 금이 가거나 뒤틀려서 못 쓰게 되지. 거기다 값비싼 나무를 써야 하고 판각수들을 여럿 고용하느라 적지 않은 비용이 들더구나. 물론 불도의 길을 가면서 돈을 따질 수는 없느니라. 하지만 말이다.”

차를 마신 경한 스님이 차분한 얼굴로 말을 이었다.

“절 밖에 굶어 죽고 병들어 죽는 백성들이 가득한데 책을 찍느라 너무 많은 비용이 들고 말았단다. 부처님도 그걸 원하지는 않으셨을 게다. 때마침 취암사에 시주를 하러 온 신도 한 명에게 금속활자에 관한 얘기를 들었단다.”

“뭐라고 했는데요?”

마른침을 삼킨 아로의 물음에 경한 스님이 대답했다.

“금속활자로 책을 만들면 비용과 시간이 적게 든다고 했단다. 그리고 목판과 달리 만들어 놓은 활자를 이용해서 다른 책을 찍어 낼 수 있다는 얘기를 들려줬단다. 그래서 내가 물었단다. 그렇게 비용이 적게 들고 시간이 절약된다면 왜 지금껏 하지 않았느냐고 말이다. 그랬더니 그 사람 말이 금속활자를 만드는 과정이 목판보다 더 길고 어려워서 다들 엄두를 내지 못한다고 하더구나. 그래서 결심했단다.”

"어떤 결심을 하셨단 말입니까?"

"다들 어렵고 힘들어서 시작하지 못한다면 내가 해야겠다고 말이다."

경한 스님의 말이 도통 이해가 되지 않던 아로가 물었다.

"굳이 그러실 필요가 있나요?"

아로의 질문에 경한 스님은 개다리소반에 놓인 두 권의 《직지심체요절》을 물끄러미 내려다봤다. 그러다가 입을 열었다.

"내가 이 책을 금속활자로 찍어서 편리하다는 걸 알리면 다들 뒤따라 하지 않을까 해서 말이다. 그렇게 해서 이 일을 시작하게 되었단다. 다들 처음 하는 일이라 시간도 오래 걸리고 비용도 만만치 않게 들어가더구나. 부디 내 살아생전에 볼 수 있으면 좋으련만……."

말끝을 흐린 경한 스님에게 아로가 물었다.

"후대에 필요하다고 스님께서 굳이 고생하실 필요는 없지 않나요?"

당돌한 아로의 물음에 경한 스님은 빙그레 웃었다.

"맞는 말이다. 지금껏 금속활자로 책을 찍지 않은 이유도 그러했을 것이다. 얼굴도 모르고 이름도 알지 못하는 후대의 누군가를 위해서 내가 이 고생을 할 필요가 있을까 하고 말이야. 그래서 나도 고민을 많이 했단다. 그러다 문득 스승인 석옥 선사께서 이 책을 주면서 하신 말씀이 떠올랐단다."

"어떤 말씀이었습니까?"

아로가 묻자 경한 스님은 《직지심체요절》을 다시 물끄러미 내려다봤다.

"이 책의 뜻은 제목인 직지심체에 그대로 담겨 있단다. '직지 인심견성성불(直指人心見性成佛)'이라는 선종의 가르침이다. 참 선을 통해서 바른 마음을 가질 때 그 마음이 곧 부처님의 마음 과 같다는 내용이란다. 부처님께서 한 나라의 왕자라는 부귀영 화가 보장된 자리를 뿌리치고 고행의 길을 걸었던 것은 나 같 은 무식한 땡중을 위해서였단다. 그분이 모든 걸 버리고 수행 의 길에 들어선 마음가짐을 조금이나마 이해한다면 마땅히 이 책은 금속활자로 찍어야 하느니라. 부처님을 위해서나 후대를 위해서나 말이다."

엄숙하면서도 절절한 경한 스님의 말에 아로는 아무 말도 하지 못했다. 그런 아로를 보면서 콜록거리던 경한 스님이 입 을 열었다.

"거기다 책이란 널리 읽혀야 하는 법. 하지만 목판인쇄는 값 이 비싼 데다가 결정적으로 한 번 찍고 나면 새로 찍기가 매우 힘들단다. 그렇지만 금속활자는 보관하기도 쉽고 다시 찍어 내 기도 수월하지. 그래서 금속활자로 《직지심체요절》을 찍기로 결심했단다."

"그러셨군요."

아로가 고개를 끄덕거리면서 대꾸하자 경한 스님은 찻잔을 들어서 차를 한 모금 더 마셨다.

"길이 있다면 걸어야 할 뿐이지."

내공이 깊은 스님다운 얘기였지만 평생 목골에서만 지내온 아로에게는 도통 알아들을 수 없는 얘기였다. 아로가 잠자코 얘기를 듣는 가운데 차를 마신 경한 스님이 얘기를 이어 갔다.

"나는 젊은 시절을 방탕하게 보냈단다. 하루라도 술이나 여자 없이 넘어가질 않았으니까 말이다."

아까 들었던 것과는 전혀 다른 얘기를 들은 아로는 눈을 번쩍 떴다.

"스님의 젊은 시절이 그랬다니 믿기지가 않습니다."

잔잔하게 웃으며 찻잔을 내려놓은 경한 스님이 대답했다.

"사람은 매미가 허물을 벗듯 몇 번이고 다른 인생을 살 수 있단다. 그게 바로 삶이기도 하지. 나는 모든 게 허무해지는 순간과 마주쳤단다. 뭘 해도 즐겁지 않고, 화도 나지 않았지. 그렇게 방황하던 중에 길을 떠났고, 그 길에서 부처님을 만났단다. 참으로 기이한 인연이었지."

아로가 고개를 끄덕거리자 스님이 빙그레 웃었다.

"내가 괜히 쓸데없는 얘기를 꺼냈구나. 삶이 힘들겠지만 잘 견뎌 내길 바란다. 참고 견디면 삶이 새로운 길을 알려 줄 테니까 말이다."

"새로운 길…….."

아로가 중얼거렸다. 그것으로 얘기는 끝났다. 그만 일어나자는 경한 스님의 얘기에 아로는 자리에서 일어났다. 스님은 아로를 절벽 사이에 난 작은 길까지 배웅했다. 시간이 꽤 흘렀는지 사방이 어둑했다. 머뭇거리던 아로가 인자한 미소를 짓고 있는 경한 스님에게 말했다.

"스님, 혹시나 제가 도울 일이 있으면 언제든 말씀해 주십시오. 힘껏 돕겠습니다."

"알겠다. 어서 돌아가거라. 묘덕 할멈이 걱정하겠어."

아로는 흥덕사로 돌아가면서 몇 번이고 뒤를 돌아봤다. 경한 스님은 아로가 보이지 않을 때까지 그대로 서서 지켜봤다.

아로가 돌아오자 베틀에 앉아서 베를 짜던 묘덕 할머니가 반색을 했다.

"어이구, 갑자기 사라져서 깜짝 놀랐단다. 어딜 갔다 온 게냐?"

"운천산에 있는 경한 스님의 작업장이요."

"금속활자가 뭔가를 만드는 데 말이냐?"

발로 신끈을 당겨서 윗날과 아랫날을 교차하던 묘덕 할머니가 물었다. 아로가 고개를 끄덕거렸다.

"네. 석찬 스님이 갑자기 모시고 가는 걸 보고 궁금해서 뒤따라갔다가 우연찮게 발견했어요.”

아로의 얘기를 들은 묘덕 할머니는 씨실이 든 북을 든 채 혀를 찼다.

“내일모레 저승 갈 양반이 무슨 욕심으로 그런 일을 벌이는지 모르겠다.”

몇 개 남지 않은 이를 드러낸 채 웃으면서 묘덕 할머니가 덧붙였다.

“그러고 보니 내가 얘기를 안 했구나. 경한 스님은 흥덕사의 주지 스님이란다.”

깜짝 놀란 아로가 입을 딱 벌렸다.

“정말이요?”

“생김새도 그렇고 옷차림도 형편없어서 다들 너처럼 놀라곤 하지. 하지만 법회를 열 때마다 신도가 구름처럼 몰려오는 걸 보면 명망이 있는 고승이긴 한 것 같더구나.”

어안이 벙벙해진 아로가 벌린 입을 다물지 못하자 묘덕 할머니가 말했다.

“미안한데 등잔불 좀 켜 주겠니? 눈이 침침해서 그런지 잘 안 보이는구나.”

“네.”

퍼뜩 정신을 차린 아로는 구석에 놓인 등잔대를 가지고 와 불을 붙였다. 등잔불이 밝혀지자 어두컴컴했던 방이 어느 정도

환해졌다. 등잔대를 베틀 옆으로 가져간 아로는 그 앞에 쭈그리고 앉아서 베를 짜는 묘덕 할머니를 바라봤다. 북을 들고 있던 묘덕 할머니가 빙그레 웃었다.

"쭈글쭈글한 얼굴이 뭐가 예쁘다고 그렇게 쳐다보니?"

"할머니는 어쩌다 여기서 일하게 되셨는지 궁금해요."

조심스러운 아로의 물음에 할머니는 지나간 일을 생각하는지 등잔불을 잠깐 쳐다보다가 입을 열었다.

"너도 나중에 나이가 들면 알겠지만 지나간 세월을 돌이켜 보는 건 별 의미가 없단다. 그건 단지……."

뭔가 복잡한 사연이 있는지 묘덕 할머니는 가느다란 한숨과 함께 이야기를 마무리 지었다.

"기억나지 않는 꿈이랑 같단다. 앞으로 어떻게 사느냐가 더 중요한 문제란다. 그나저나 네 가족 얘기가 궁금하구나. 들려줄 수 있겠니?"

묘덕 할머니가 따뜻한 미소와 함께 묻자 아로는 필사적으로 이야기할 수 있는 것과 그렇지 않은 것을 재빨리 정리했다.

"어, 그러니까 아버지는 노, 농사꾼이셨고, 어머니는 할머니처럼 집에서 베를 짰어요. 형이랑 여동생이 한 명씩 있었다고 들었는데 둘 다 제가 어릴 때 죽어서 기억이 안 나요. 어릴 때 배가 아픈 적이 있었는데 어머니가 무릎에 눕혀 노래를 불러 주면서 배를 쓰다듬어 주시던 게 기억나요. 그러다 흉년이 계속 들고 왜구까지 쳐들어온다는 소문까지 돌아서 아버지랑 어머니, 저 셋이서 야반도주를 했어요. 도망치다가 뿔뿔이 흩어지고 말았죠. 아버지께서 친척이 사는 청주에 갈 거라고 해서 무작정 여기로 온 거예요."

대충 둘러대고 혹시나 들통이 날까 봐 걱정했지만 묘덕 할머니는 그대로 믿는 눈치였다.

"저런, 큰일이 안 일어났으면 좋겠는데 말이다."

혀를 찬 묘덕 할머니는 씨실이 든 북을 윗날과 아랫날 사이로 재빠르게 집어넣은 다음 바디집을 앞으로 쭉 당겨 베를 짰다. 손놀림이 능숙한 걸 봐서는 평생 베를 짠 게 틀림없었다. 어릴 때 어머니가 그런 식으로 베를 짜던 모습을 기억하는 아로는 눈을 뗄 수가 없었다. 아로의 시선을 눈치챈 묘덕 할머니가 말했다.

"사람은 태어나면 죽게 마련이고, 만났다가도 헤어지는 법이란다. 만약 부처님의 뜻이 이것이라면 이것대로 받아들여야 하고, 그렇지 않다면 다시 만나기를 기원해야지. 이 할미도 네가 부모님과 다시 만나기를 부처님께 기원하마."

아로는 하마터면 사실대로 털어놓을 뻔했다. 아버지는 태어나자마자 어디론가 떠나서 얼굴도 기억나지 않았다. 홀로 자신을 키운 어머니는 2년 전에 시름시름 병을 앓다가 세상을 떠나고 말았다. 어머니가 눈을 감기 직전에 죽은 줄 알았던 아버지가 사실은 살아 있다는 충격적인 얘기를 했다. 충격에 빠진 아로는 아무것도 할 수 없었다. 그 방황의 시절을 떠올리며 생각에 잠겨 있던 아로에게 묘덕 할머니가 물었다.

"어머니가 참으로 인자하셨구나. 아버지는 어떤 분이셨느냐?"

"어, 말씀이 거의 없으셨어요. 늘 아침 일찍 나가셨다가 저녁 늦게 돌아오셨어요. 무뚝뚝하고 감정을 잘 드러내지 않는 편이셨죠."

아로는 묘덕 할머니에게 거짓말을 하는 게 불편했다. 아버지에 관해서는 그 역시 궁금했다. 우덕 대행수에게 물어보면 때가 되면 알게 될 것이라는 말만 했다. 행수들도 뭔가 아는 눈치였지만 그 앞에서는 아무런 얘기도 하지 않았다.

"이런, 나 때문에 마음이 심란해진 게냐?"

침울해진 아로의 표정을 살핀 묘덕 할머니가 물었다. 무릎을 끌어안은 채 바닥에 앉아 있던 아로는 쓴웃음과 함께 고개를 저었다.

"아뇨. 괜찮아요."

"대신 노래를 불러 주마."

"정말요?"

묘덕 할머니가 웃으면서 목을 가다듬었다. 그리고 청아한 목소리로 노래를 불렀다.

살어리 살어리랏다 청산에 살어리랏다
머루랑 다래랑 먹고 청산에 살어리랏다
얄리얄리 얄랑셩 얄라리 얄라.

울어라 울어라 새여 자고 일어나 울어라 새여
너보다 근심이 많은 나도 자고 일어나 우노라.
얄리얄리 얄랑셩 얄라리 얄라.

가는 새 가는 새 본다 물 아래 가는 새 본다
이끼 묻은 쟁기를 가지고 물 아래 가는 새 본다
얄리얄리 얄랑셩 얄라리 얄라.

이렇게 저렇게 하여 낮은 지내왔건만
올 이도 갈 이도 없는 밤은 또 어찌하리오.
얄리얄리 얄랑셩 얄라리 얄라.

북을 좌우로 부지런히 움직이면서 노래를 부른 묘덕 할머니
에게 아로는 감탄사를 날렸다.

"우아! 정말 멋져요."

"그러냐? 젊은 시절에 제법 불렀던 〈청산별곡〉이라는 노래
란다. 목이 마른데 물 한 잔 가져다주겠니?"

바로 일어난 아로는 아궁이 옆에 있는 작은 항아리에 든 물을 바가지로 떠서 가져다주었다. 베틀에 앉은 채 아로가 건넨 물을 벌컥벌컥 마신 할머니가 가만히 아로의 손을 쓰다듬었다.

"내 아들이 무사히 커서 혼인하여 자식을 낳았다면 아마 네 또래일 게다. 지나간 일에 너무 슬퍼하지 말고 앞으로 잘 살아라. 그래야 부모님을 만날 때 떳떳하지 않겠니?"

아로는 주름진 묘덕 할머니의 손을 꼭 잡은 채 대답했다.

"그럴게요, 할머니."

약초를 말리는 방으로 돌아온 아로는 바닥에 누운 채 생각에 잠겼다. 아버지에 대해 거짓말을 한 우덕 대행수와 행수들에 대한 미움은 여전했다. 하지만 평생 목골에서만 살았고, 목판인쇄만이 마을의 살길이라는 얘기를 들어 왔던 그로서는 금속활자를 편하게만 볼 수 없었다. 어쨌든 우덕 대행수에게 아버지에 관한 얘기를 들으려면 당분간 자신의 정체를 숨긴 채 금속활자를 어떻게 만들고, 어디까지 진행되었는지를 살펴봐야만 했다. 사람들을 속이면서 그런 일을 해야 한다는 게 마음이 편치 않았다. 이리저리 뒹굴던 아로는 억지로 잠을 청했다.

3

금속활자의
비밀

다음 날, 어깨에 도끼를 멘 석찬 스님이 찾아왔다. 혼자서 짚신을 만들던 아로는 갑작스러운 방문에 몸을 바짝 움츠릴 수밖에 없었다.

"내일부터 폭포 옆에 있는 작업장으로 오너라."

"정말이요?"

석찬 스님이 떨떠름한 표정으로 고개를 끄덕거렸다.

"그래, 스승님께서 너한테 심부름부터 시키라고 하셨다. 게으름 부리면 나한테 혼날 줄 알아. 알겠어?"

"네."

석찬 스님이 돌아가고 아로는 안도의 한숨을 쉬었다. 우여곡절을 겪긴 했지만 금속활자를 만드는 걸 직접 옆에서 볼 수 있게 되었다.

그다음 날, 아로는 간단히 세수를 하고 홍덕사 뒤편 운천산으로 향했다. 대장간에서 화덕을 들여다보던 달잠 스님이 아로를 보고는 활짝 웃었다.

"일을 도와주러 왔구나."

"네. 무엇부터 하면 되나요?"

싹싹한 아로의 물음에 달잠 스님은 작업장 한쪽에 산더미처럼 쌓여 있는 장작더미를 눈으로 가리켰다.

"화덕에 불을 지펴야 하니까 장작들을 이 옆에 쌓아 놓아라."

"알겠습니다."

팔을 걷어붙인 아로는 장작을 번쩍 들어서 화덕 옆으로 옮겨 놨다. 그러면서 지난번에는 먼발치에서 봤던 화덕을 눈여겨봤다. 부엌에 있는 아궁이처럼 생긴 화덕은 진흙과 돌로 만들었다. 앞쪽에는 작은 불구멍이 보였고, 위쪽에도 같은 크기의 구멍이 보였다. 화덕 주변은 고운 모래가 깔려 있었다. 화덕 옆의 작은 탁자 위에는 크고 작은 쇠 집게, 쇠꼬챙이, 망치와 넓적한 손잡이가 달린 그릇들이 어지럽게 놓여 있었다. 물이 가득 든 항아리도 보였다. 장작더미를 쌓아 놓은 쪽에는 정체불명의 커다란 나무통이 놓여 있었다. 화덕 뒤쪽으로는 나무를 넣는 또 다른 구멍이 보였다. 목골에서는 판목에 쓸 나무를 소금물에 삶았다가 햇볕에 말리는 게 고작이라서 화덕을 쓸 일이 없었다. 그래서 아로의 눈에는 신기해 보였다.

그사이, 스님들과 일꾼들이 하나둘씩 작업장에 모습을 드러냈다. 하지만 며칠 전에 봤을 때보다는 숫자가 훨씬 적었다. 장작을 나르던 아로가 의아한 눈으로 사람들을 보자 달잠 스님이 말했다.

"흥덕사에 법회가 있어서 그 준비 때문에 사람들이 많이 빠졌단다. 경한 스님도 그 일로 정신이 없으시지. 그래서 너한테 일을 맡긴 거니까 열심히 해라."

달잠 스님은 아로를 데리고 일꾼들과 스님들 앞에 가서 간단하게 소개해 주었다. 아로는 인사를 나누고 다시 장작을 날랐다. 아로가 장작을 옮겨 놓는 사이 불구멍 앞에 쭈그리고 앉아서 불을 지피던 달잠 스님이 허리를 펴고 일어났다.

"자! 불은 붙였으니 화덕이 달궈질 때까지 기다렸다가 장작을 넣으면 된단다. 그사이에 나랑 어미자에 거푸집을 입히자꾸나."

"네, 알겠습니다."

아로는 달잠 스님과 함께 맨 끝에 있는 작업장으로 갔다. 스님 몇 명이 익숙한 손놀림으로 어미자에 대롱처럼 길게 늘인 밀랍을 붙였다. 그렇게 이어진 밀랍 대롱에 붙은 어미자들을 둥그런 받침처럼 생긴 곳에 이어 붙였다. 그걸 본 아로는 감탄사를 날렸다.

"꽃이 핀 것 같아요."

달잠 스님이 대롱이 붙은 어미자 중 하나를 조심스럽게 들면서 말했다.

"그래서 이걸 어미자 가지라고 부르고, 아래쪽을 받침대라고 부른단다. 이제 여기에다가 거푸집을 붙인 다음 쇳물을 부을 게다."

"거푸집은 어떻게 붙이나요?"

달잠 스님이 탁자 위에 놓인 다른 어미자 가지들을 보면서 말했다.

"너도 하나 들고 따라오너라."

밀랍 대롱이 붙은 어미자 가지들을 덥석 들고 아로는 달잠 스님의 뒤를 따랐다. 바로 옆 작업장에는 맨 처음 이곳에 왔을 때 봤던 진흙들이 보였다. 둥그렇게 뭉쳐 놓은 진흙 덩어리들이 가지런히 놓인 탁자 위에 어미자 가지를 내려놓은 달잠 스님이 뒤따라온 아로에게 얘기했다.

"물에 모래와 황토를 개서 반죽한 거다."

"그렇게 하는 이유가 있나요?"

달잠 스님을 따라 조심스럽게 어미자 가지를 탁자 위에 내려놓은 아로가 물었다. 달잠 스님은 대답 대신 진흙 덩어리를 한 움큼 떼어 내서 보여 줬다.

"보이지? 이렇게 빈틈이 없으면서도 물기를 머금어야 뜨거운 쇳물을 부어도 버틸 수 있단다. 사실 처음에 이걸 만들어 보기 전에는 활자를 만드는 게 어렵다고 생각했는데 정작 이게 더 어렵더구나. 이렇게 진흙을 제대로 개지 않으면 틈새로 쇳물이 흘러나오거나 부서져 버리거든."

달잠 스님은 말이 많다는 점 때문에 가벼워 보이기는 했지만 이것저것 많이 알고 있었다. 그래서인지 또래의 스님이나 나이 많은 일꾼들에게 이것저것 지시를 내리기도 했다. 달잠 스님은 뜯어낸 진흙 덩어리들을 밀랍 대롱에 매달린 어미자 가지에 조심스럽게 붙여 나갔다. 아래쪽 받침대부터 차례차례 진흙 덩어리를 붙여 가다가 마침내 어미자 가지 전체를 감쌌다. 아로도 달잠 스님을 따라 조심스럽게 어미자 가지에 진흙을 붙였다.

"자! 어미자 가지 주변에 붙여 놨으면 이런 식으로 뒤집어라."

받침대가 위로 올라오게 뒤집은 달잠 스님은 남은 진흙을 밀대로 쭉쭉 밀어서 넓게 폈다. 아까 어미자 가지 밑에 붙인 밀랍 대롱처럼 가운데를 비워 놓고 둘둘 말았다. 그러고는 받침대 아래 붙였다. 그걸 본 아로가 말했다.

"어? 꼭 술병 주둥이처럼 생겼네요?"

"이걸 잘 만들어야 쇳물도 잘 부을 수가 있지. 남은 진흙은 주둥이에 두툼하게 붙여라."

아로는 달잠 스님이 하는 대로 남은 진흙을 펴서 대롱처럼 만든 다음 받침대 아래 붙였다. 이런 식으로 만들어 놓은 어미 자에 진흙으로 된 거푸집을 붙이는 작업을 끝낼 무렵, 점심을 먹으라는 외침이 들려왔다.

소리가 난 쪽으로 고개를 돌리자 머리에 광주리를 인 묘덕 할머니와 낯선 여자아이가 보였다. 둘 다 통이 넓은 누런색 바지에 하얀 저고리 차림이었다. 한참 일을 하던 일꾼들과 스님들이 연장을 손에서 놓고 작업장 앞에 돗자리가 펴진 곳으로 모였다. 달잠 스님도 환하게 웃으면서 아로에게 말했다.

"안 그래도 출출했는데 잘됐네."

광주리를 내려놓은 묘덕 할머니가 달잠 스님과 함께 오는 아로를 보고는 인자한 미소를 지어 보였다.

"힘들지 않니?"

"할 만해요."

묘덕 할머니가 가져온 광주리에는 큼직한 주먹밥이 들어 있었다. 일꾼들과 스님들은 주먹밥을 하나씩 집어 들고 자리에 앉았다. 묘덕 할머니가 아로에게 직접 주먹밥을 건넸다.

"많이 먹고 열심히 일해라."

"고맙습니다."

공손하게 주먹밥을 받아 든 아로는 달잠 스님 옆에 앉았다. 그러는 사이 묘덕 할머니를 따라온 아로 또래의 여자아이가 가져온 광주리를 내려놓고 대나무로 만든 물통과 바가지를 꺼냈다. 물통에는 막걸리가 들어 있었다. 바가지에 가득 따른 막걸리를 본 일꾼들과 스님들이 환호성을 질렀다. 막걸리는 삽시간에 동이 났다. 제일 마지막에 막걸리가 든 바가지를 넘겨받은 달잠 스님이 한 모금 마시고 아로에게 넘겼다.

"첫날부터 고생이 많다."

머뭇거리면서 바가지를 든 아로는 쭉 들이켜라는 묘덕 할머니의 말에 막걸리를 벌컥벌컥 들이켰다. 가슴이 탁 트이면서 나른한 포만감이 찾아왔다. 막걸리를 한 잔씩 한 일꾼들과 스님들은 남은 주먹밥을 먹으면서 휴식을 취했다. 그사이 빈 대나무 물통을 든 여자아이가 폭포 쪽으로 걸어갔다. 무슨 일인가 지켜보던 아로는 여자아이가 물가에 쭈그리고 앉아서 물통을 닦는 것을 보았다.

곱게 땋은 머리를 오른쪽 귀 옆으로 모아서 묶은 여자아이를 본 아로의 가슴이 두근거렸다. 까맣게 탄 얼굴에 코가 납작하여 평범한 인상이라고 생각했지만 제법 도톰한 입술에 홍조를 띤 뺨이 예뻐 보였다. 가슴이 쿵쾅거린 아로는 얼른 고개를 돌려서 딴청을 피웠지만 얼굴이 화끈거리는 걸 피할 수는 없었다. 옆에서 주먹밥을 먹어 치운 달잠 스님이 넌지시 말했다.

"명색이 사내라고 옥진이한테 빠진 게냐?"

"저 아이 이름이 옥진인가요?"

달잠 스님이 손가락에 묻은 밥알을 쪽쪽 빨아 먹으면서 대꾸했다.

"그래. 흥덕사 아랫마을에 살면서 가끔 절 일을 도와준단다. 다 먹었으면 가서 바가지 닦는 것 좀 거들어라."

달잠 스님의 말이 떨어지기가 무섭게 아로는 바가지를 들고 물가로 뛰어갔다.

뒤에서 달잠 스님이 크게 웃었지만 아로의 귀에는 들리지 않았다. 아로가 성큼성큼 다가가자 옥진이 고개를 돌렸다가 서로 눈이 마주쳤다. 저도 모르게 당황한 아로는 침을 꿀꺽 삼켜 그만 사레들리고 말았다. 컥컥거리던 아로를 본 옥진이 슬며시 웃었다. 아로는 옥진이 대나무 물통과 바가지를 다 씻을 때까지 콜록거렸다. 아로가 기침을 멈추지 못하자 옥진이 등을 두드려 주었다. 그러고는 짧게 한마디 했다.

"애도 아니고……."

옥진의 퉁명스러운 말에 간신히 잦아들던 기침은 딸꾹질로 변해 버리고 말았다. 손으로 입을 막으면서 딸꾹질을 참는 동안 옥진은 묘덕 할머니와 함께 빈 광주리를 들고 돌아갔다. 창피하고 안타까운 마음에 눈물을 글썽이며 옥진을 지켜보던 아로는 옥진이 슬쩍 돌아보는 걸 봤다. 걱정스러운 눈길로 바라보던 옥진은 괜찮냐는 눈빛을 보냈고, 아로는 고개를 끄덕거렸다. 그 순간, 신기하게도 딸꾹질이 멈췄다. 먼발치서 지켜보던 달잠 스님이 손짓했다.

"얼른 와서 일 시작하자."

"네."

잡념을 털어 버린 아로는 달잠 스님이 있는 곳으로 뛰어갔다. 아침부터 피운 화덕의 불은 제법 커졌다. 달잠 스님이 눈짓을 하자 웃통을 벗은 스님 한 명이 커다란 나무통을 화덕 뒤쪽 불구멍에 갖다 댔다. 그리고 나무로 된 손잡이를 쭉 당겼다가 밀어 넣었다. 아로가 의아한 눈으로 바라보자 달잠 스님이 얘기했다.

"바람을 불어 넣는 풀무란다. 저렇게 풀무질을 해 줘야 불이 더 강해지지."

풀무질을 하던 스님이 금방 땀에 젖은 채 지쳐 버리자 곧바로 다른 스님이 교대했다. 그렇게 몇 사람이 돌아가면서 풀무질을 하자 화덕 안의 불은 세차게 타올라서 불구멍 밖으로 흘러나왔다. 그사이 달잠 스님은 화덕 위에 거푸집들을 올려놨다. 아로도 재빨리 거푸집들을 들어 화덕 위에 올렸다. 그 짧은 순간 동안 스쳐 지나간 화덕의 열기에 아로의 몸은 땀으로 흠뻑 젖었다. 처음 느끼는 열기에 콧잔등으로 땀방울이 굴러 떨어졌다. 거푸집들을 화덕 위에 올려놓은 후 달잠 스님은 화덕 위에 놓인 쇠 집게로 그릇을 집어 들었다. 그리고 조심스럽게 화덕 위의 불구멍 위에 올려놨다. 너울거리는 불길이 그릇을 당장이라도 집어삼킬 것 같았다.

"저게 바로 도가니란다. 저기서 쇳물을 만드는 거지."

"쇳물을요?"

아로가 묻는 사이 두건을 쓴 일꾼 하나가 작은 삽으로 거무튀튀한 돌덩어리들을 도가니에 조심스럽게 부었다. 눈을 떼지 않은 채 아로가 물었다.

"저 돌덩어리에서 쇠를 뽑아내는 건가요?"

"맞아. 저 돌에는 쇠가 들어 있단다. 아주 뜨겁게 달구면 돌이 녹으면서 쇠를 뽑아낼 수 있지."

달잠 스님의 말대로 도가니에 들어간 돌덩어리들은 부글거리면서 녹아내렸다. 난생처음 보는 신기한 광경에 아로는 입을 다물지 못했다. 어느덧 화덕 주변에 모여든 스님들과 일꾼들도 아무 말 없이 지켜보고 있었다. 장난기 많고 떠들기 좋아하던 달잠 스님도 마치 다른 사람이 된 것처럼 신중한 표정으로 화덕을 바라봤다. 달잠 스님의 지시에 따라 도가니에 돌덩어리들이 조금씩 부어졌고, 시간이 지나면서 붉은색을 띠면서 녹았다. 땀에 젖은 이마를 손등으로 쓱 닦으며 달잠 스님이 말했다.

"쇳물을 만들 때는 신중해야 한단다. 잘못하면 금속활자가 너무 물러지게 나올 수 있거든."

"온도를 잘 맞춰야 한다는 얘긴가요?"

달잠 스님이 고개를 끄덕거렸다.

"그것도 그렇지만 거푸집에 부어야 할 시점까지 어느 하나 소홀히 할 수 없단다. 사실 여기에서 가장 많이 실패했지. 버린 활자만 해도 어마어마하단다. 스승님께서 고집을 부리지 않으셨다면 진즉에 포기하고 말았을 거야."

너울거리는 불길이 화덕 주변을 감싸면서 위에 놓인 거푸집들이 차츰 말라붙으면서 균열이 생겼다. 겉에 생긴 균열을 눈여겨보던 달잠 스님은 쇠 집게로 화덕 위에 놓인 거푸집들의 위치를 이리저리 바꿨다.

"거푸집 전체가 골고루 말라붙어야 나중에 쇳물이 잘 스며든단다."

"그런데 거푸집을 이렇게 굳히는 이유가 있나요?"

달잠 스님은 긴 쇠꼬챙이로 거푸집의 대롱 안을 찌르는 것으로 대답을 대신했다. 쇠꼬챙이 끝에 묻어 나온 녹은 밀랍을 유심히 살펴보던 달잠 스님이 싱긋 웃으면서 얘기했다.

"굳히는 게 아니라 녹이는 거란다."

그러고는 쇠꼬챙이를 내려놓고 쇠 집게를 집어 들었다. 달잠 스님의 얘기가 무슨 뜻인지 영문을 모르던 아로는 달잠 스님이 쇠 집게를 빙글 돌려서 거푸집을 뒤집는 것을 보고 나서야 그 뜻을 알아차렸다. 거푸집 안에 있던 밀랍들이 녹아서 주르륵 바닥에 쏟아져 버린 것이다. 아로가 그 광경을 지켜보는데 달잠 스님이 설명을 이어 갔다.

"밀랍을 쓰는 이유가 바로 이것 때문이란다. 거푸집을 불에 단단하게 굳혀야 밀랍이 녹아서 없어진 공간에 쇳물을 부어도 갈라지거나 부서지지 않는단다."

거푸집들을 뒤집어서 안에 든 녹은 밀랍을 부어 낸 다음 달잠 스님은 화덕 앞쪽의 불구멍 앞에 가지런히 놓았다. 이마에 가득 돋아난 땀을 손등으로 훔친 스님이 말했다.

"지금이 가장 중요한 순간이다. 거푸집이 너무 식으면 나중에 쇳물을 부을 때 갈라지거나 부서지고 만단다. 반대로 너무 뜨거우면 작은 틈새로 쇳물이 스며들어서 활자가 제대로 나오지 않지."

"그래서 불구멍 앞에 가져다 놓은 거군요."

아로의 대답에 달잠 스님은 쇠로 만든 고무래를 집어 들면서 고개를 끄덕였다.

"맞아. 이제 쇳물을 부을 차례란다. 그 전에 녹은 쇳물에 뜬 찌꺼기랑 거품을 걷어 내야 한단다."

달잠 스님의 말대로 거푸집을 달궈서 안에 든 밀랍을 빼내는 사이 도가니 안에는 검붉은 쇳물이 부글거렸고, 그 위에는 거품과 작은 돌 같은 것들이 떠 있었다. 달잠 스님은 신중한 손놀림으로 쇳물 위에 뜬 것들을 고무래로 걷어 냈다. 그러고는 제일 커다란 쇠 집게로 도가니를 집어 들었다. 아무 얘기도 하지 않았지만 다들 뒷걸음질했다. 팔뚝에 힘줄이 튀어나올 정도로 힘을 준 달잠 스님이 도가니를 조금씩 기울여서 거푸집에 난 구멍 안으로 쇳물을 부었다. 쇳물이 거푸집 안에 흘러들어 갈 때마다 불길이 부글부글 일어났다. 주변의 어느 누구도 말해 주지 않았지만 금속활자가 만들어지는 중요한 순간이라는 사실을 아로는 직감적으로 느꼈다.

아로가 뚫어지게 지켜보는 사이 거푸집들은 차례차례 쇳물을 품었다. 심혈을 기울여서 쇳물을 부은 달잠 스님은 바닥에 도가니를 내려놓자마자 그대로 주저앉아 버렸다. 길고 뜨거운 숨을 쉰 달잠 스님은 주변의 부축을 받으며 일어났다. 그러는 사이에도 거푸집의 불길은 수그러들지 않았다. 비틀거리면서 일어난 달잠 스님은 쇠 집게와 쇠꼬챙이, 고무래를 물이 든 항아리 안에 넣었다. 그리고 점차 불길이 잦아들어 가는 거푸집을 보면서 한숨을 내쉬었다.

"이제 기다리는 일만 남았다."

아로가 물었다.

"언제까지 기다려야 하나요?"

"최소한 반나절은 있어야 한단다. 한숨 자고 하자. 너도 적당한 곳에서 눈을 붙여라."

달잠 스님과 다른 스님들이 거적이 깔린 바닥 여기저기에 누워서 눈을 붙였다. 아로도 적당한 곳에 누워서 눈을 감았다. 이런저런 생각이 떠올랐지만 피곤한 탓인지 금방 잠이 왔다.

그렇게 한숨 푹 자고 있는데 누군가 어깨를 흔들었다. 눈을 뜨자 달잠 스님이 말을 붙였다.

"잘 쉬었느냐?"

"네."

아로는 짧게 대답하고는 쇳물이 부어진 거푸집이 놓여 있는 화덕 쪽으로 걸어갔다. 거푸집들의 상태를 살핀 달잠 스님이 옆에 놔둔 쇠 집게와 망치를 집어 들었다. 그리고 쇠 집게로 조심스럽게 거푸집을 잡은 다음 망치로 겉을 두드려서 부췄다. 화덕 위에 오랫동안 놓였고, 쇳물까지 부어진 탓에 푸석푸석해진 거푸집은 망치로 두드릴 때마다 조금씩 부서져 나갔다. 겉을 감싼 거푸집이 모두 부서지고 남은 것은 어미자 가지 형태로 남은 금속활자들이었다. 밀랍이 녹아서 사라진 공간을 대신 차지한 쇳물이 굳어진 것이다. 망치를 내려놓고 솔로 겉에 묻은 흙을 닦아 낸 달잠 스님이 천천히 살펴보더니 아로에게 보여 줬다.

"꽤 괜찮게 나왔다. 이게 바로 활자 가지쇠란다."

이름 그대로 마치 가지를 친 것처럼 활자들이 대롱에 매달려 있었다. 아직 흙빛을 띠고 있긴 하지만 금속 특유의 차가움과 단단함이 눈에 띄었다. 아로는 비로소 대면하게 된 금속활자를 보면서 전율을 느꼈다. 아로가 몽롱한 눈으로 바라보자 달잠 스님은 씩 웃으면서 활자 가지쇠를 건넸다.

"저쪽에도 망치가 있으니까 너도 해 보렴. 다 부순 다음에 모아서 물로 깨끗이 씻으면 오늘 일은 끝이다."

화덕 옆 작업대에서 망치를 집어 든 아로는 달잠 스님이 한 것처럼 조심스럽게 거푸집을 부숴 나갔다. 다른 사람들도 망치를 집어 들고 거푸집을 부수거나 작업장 주변을 청소하기 시작했다. 거푸집을 부수고 흙을 털어 낸 활자 가지쇠들은 조심스럽게 광주리에 모아졌다. 스무 개 정도 활자 가지쇠들이 모여지자 달잠 스님이 말했다.

"물에 가져가서 씻어 오너라."

활자 가지쇠가 든 광주리를 가지고 물가로 간 아로는 물에 흔들어 깨끗하게 씻어 냈다. 겉에 묻은 흙이 물에 씻기자 묵직한 금속활자가 모습을 드러냈다. 소금물에 삶고 햇볕에 말리는 동안 검은색으로 변해 버린 판목에 새겨진 활자와는 사뭇 다른 느낌이었다.

물로 꼼꼼하게 씻어 낸 활자 가지쇠들을 광주리에 담아서 작업장으로 돌아오자 달잠 스님이 환하게 웃으면서 반겨 줬다.

"고생했다. 저기 화덕 옆에 잘 정돈해서 놔라. 나머진 내일 하자꾸나."

"네."

아로는 화덕 옆에 활자 가지쇠들을 가지런히 세워 놨다. 어느덧 해가 저물어 갈 기미를 보였다. 달잠 스님이 일을 마친 아로의 어깨를 두드렸다.

"제법이구나. 내일도 같은 시간에 나오너라."

금속활자의 제작 과정을 지켜본 아로는 뿌듯한 마음으로 고개를 끄덕였다. 일을 마치고 흥덕사로 돌아오자 묘덕 할머니가 반갑게 맞이했다.

"일은 힘들지 않았니?"

"괜찮았어요."

힘없이 고개를 끄덕이는 아로를 본 할머니는 손을 꼭 잡으면서 말했다.

"금방 밥상 차려 줄 테니까 얼른 씻고 오너라."

"네."

우물가로 가서 간단하게 손발을 씻고 세수를 한 아로는 방으로 돌아왔다. 운이 좋아서 금속활자를 만드는 일에 참여하는 데 성공했다. 하지만 앞으로 자신에게 놓인 길이 순탄하지 않을 것이라는 예감이 들었다.

4

결
단

모두가 잠든 깊은 새벽, 눈을 뜬 아로는 조심스럽게 이불을 걷고 몸을 일으켰다. 부엌으로 가 아궁이 옆에 놓인 부싯돌과 짚신을 삼기 위해 가져다 놓은 지푸라기 한 뭉치를 집어 들고는 천천히 문고리를 밀었다. 주변에 깨어 있는 사람이 아무도 없는 것을 확인한 아로는 곧장 운천산으로 향했다. 어두운 산길을 걷느라 돌부리에 발가락을 찧고 나무뿌리에 걸려 몇 번이고 넘어졌다. 하지만 그때마다 비명 소리도 내지 않고 일어나서 다시 걸었다. 절벽의 좁은 틈새를 지나자 낮에 일했던 작업장이 보였다. 막상 작업장에 오긴 했지만 뭘 어떻게 해야 할지 몰라 두리번거리던 아로는 저도 모르게 화덕 쪽으로 발걸음을 옮겼다.

화덕 옆에는 낮에 그가 옮겨 놓은 장작들이 제법 많았다. 그 앞에 지푸라기를 놓고 부싯돌을 쳐서 지푸라기에 불을 붙였다.

몇 번 친 부싯돌에서 튄 불이 지푸라기를 태우기 시작하자 아로는 불을 조심스럽게 장작에 옮겨붙였다. 장작에 불이 옮겨붙은 것을 확인한 아로는 낮에 만들었던 어미자 가지쇠들을 화덕의 뒤쪽 불구멍으로 쑤셔 넣었다.

그리고 경한 스님이 머물던 초가집으로 달려갔다. 문을 열고 들어선 아로는 대나무 선반 맨 아래 완성된 금속활자가 들어 있는 나무 상자를 꺼냈다. 잠시 머뭇거리던 아로는 나무 상자를 품에 안고 화덕 쪽으로 걸어갔다. 장작더미에 옮겨붙은 불은 제법 커졌다. 화덕 옆에 나무 상자를 내려놓은 아로는 도가니를 넣던 화덕의 불구멍으로 금속활자들을 집어넣었다. 처음에는 한두 개씩 넣다가 나중에는 주먹째 쥐어서 던져 넣었다. 금속활자와 어미자 가지쇠들을 모두 화덕에 집어넣은 아로는 불붙은 장작들을 화덕에 쑤셔 넣었다. 화덕 안에 핏빛 같은 불길이 보이자 아로는 결국 눈물을 흘리고 말았다.

정신없이 화덕에 장작을 쑤셔 넣은 아로는 불붙은 장작으로 작업장을 돌면서 불을 질렀다. 지붕은 손쉽게 불이 붙었다. 불을 먹은 지붕은 비명을 지르며 내려앉았다. 작업장은 삽시간에 불바다가 되었고, 아로는 그 불바다를 보면서 미친 듯이 웃었다. 멀리서 묘덕 할머니의 비명 같은 외침이 들려왔다.

"아이고, 이게 무슨 일이야! 아로야!"

실성한 것처럼 웃고 있는 아로를 본 묘덕 할머니는 그대로 까무러치고 말았다. 일꾼들과 스님들은 불길을 등지고 서서 웃고 있는 아로를 보고는 감히 접근할 생각조차 하지 못했다. 믿음을 저버렸다는 죄책감과 두려움이 엉킨 미소를 짓던 아로의 눈앞에 경한 스님을 부축하며 서 있는 석찬 스님이 보였다. 한 손에 도끼를 든 채 불타는 작업장을 본 석찬 스님의 눈은 분노로 이글거렸다. 충격에 빠진 경한 스님에게 석찬 스님이 격한 목소리로 따졌다.

"그러게 제가 저놈을 멀리해야 한다고 하지 않았습니까!"

"이럴 수가……."

경한 스님은 말을 잇지 못하고 주저앉았다. 축 늘어진 경한 스님의 팔을 놓은 석찬 스님은 도끼를 움켜쥐고는 아로에게 성큼성큼 다가왔다. 너무 혼란스러웠던 아로는 도망치거나 저항할 생각을 하지 못했다. 불에 비친 석찬 스님의 얼굴은 야차(夜叉, 사람을 잡아먹고 상해를 입힌다는 무서운 귀신) 같았다. 단숨에 다가온 그는 발로 아로의 가슴팍을 걷어찼다. 멍하게 서 있던 아로는 그대로 바닥에 나뒹굴었다. 쓰러진 아로의 가슴을 발로 꾹 내리밟은 석찬 스님이 도끼를 높이 치켜들었다. 도끼가 머리를 향해 내리쳐 올 때 아로는 잠에서 깨어났다.

땀에 흠뻑 젖은 채 가슴이 미친 듯이 쑤셔 왔다. 두 손으로 가슴을 쥐어뜯으며 비명을 지르려고 했지만 소리가 나오지 않았다. 고통에 몸부림을 치는 아로를 지켜 준 건 묘덕 할머니였다. 거칠지만 따뜻한 묘덕 할머니의 손이 이마를 짚어 주자 고통으로 터져 나갈 것 같던 몸이 차츰 진정되었다.

"어휴, 이마가 불덩어리네. 잠깐만 기다리거라. 내가 찬물에 수건을 적셔 오마."

"아니에요. 괜찮으니까 옆에 있어 주세요."

아로는 몸을 일으키려는 묘덕 할머니의 팔을 잡고 애원했다. 일어나려던 묘덕 할머니는 도로 아로의 곁에 주저앉아 땀에 젖은 이마의 머리카락을 쓸어 넘겼다.

"그러마. 소피를 보러 나왔더니 이상한 소리가 들리더구나. 꿈을 꾸었던 게냐?"

그때서야 비로소 자신이 한 짓이 꿈속에서였다는 사실을 깨달은 아로는 탁하게 갈라진 목소리로 대답했다.

"그냥 악몽이에요."

"그랬구나. 옆에 있어 줄 테니까 다시 눈을 좀 붙여 보아라."

"다시 자면 악몽에서 벗어날 수 있을까요?"

아로의 물음에 묘덕 할머니는 빙그레 웃었다.

"그건 부처님만이 알 뿐이지. 하지만 말이다."

옛 생각을 하는지 잠시 말을 멈추고 허공을 바라보던 묘덕 할머니가 말했다.

"악몽은 그냥 악몽일 뿐이란다. 너도 그 악몽에서 깨어나지 않았느냐? 사람은 언젠가는 선택의 순간에 서게 되고, 거기에 대해서 책임을 지게 되어 있단다. 그게 악몽보다 더 무서운 법이지."

아로는 묘덕 할머니와 이런저런 얘기를 나누면서 밤을 샜다. 먼동이 터 오면서 아로가 일어나려고 하자 묘덕 할머니가 그대로 이불에 눕혔다.

"아직 열이 많으니까 움직이지 말아라. 아무래도 어제 너무 무리한 모양이다."

"괜찮아요."

억지로 몸을 일으키려던 아로는 엄습해 오는 두통에 저도 모르게 신음 소리를 냈다. 묘덕 할머니가 이불을 덮어 주면서 말했다.

"작업장은 불을 다루는 곳이라 사람들이 조금만 몸이 안 좋아도 일을 쉬곤 한단다. 내가 얘기해 놓을 테니까 염려 말고 누워 있어라."

묘덕 할머니의 말에 아로는 고개를 끄덕였다. 그런 아로를 내려다보면서 묘덕 할머니가 혀를 찼다.

"아이고, 아직 어린 녀석이 무슨 한이 있다고 악몽을 꾸는지 모르겠다. 나무관세음보살."

묘덕 할머니가 방을 나간 이후에도 아로는 이불에서 벗어나지 못했다. 악몽의 여파 때문인지 이마가 뜨거웠고, 몸에 힘이 하나도 없었다. 밖으로 나갔던 묘덕 할머니가 돌아왔다. 방으로 들어선 묘덕 할머니의 손에는 김이 펄펄 나는 그릇이 들려 있었다.

"이 할미가 시래기로 죽을 끓여 왔다. 이거 먹으면 금방 일어날 수 있을 게다."

그때 문이 열리고 누군가 방으로 들어왔다. 옥진이라는 사실을 눈치챈 아로는 누워 있는 자신이 너무 창피해서 저도 모르게 이불을 머리끝까지 뒤집어쓰고 말았다. 그러면서도 귀는 쫑긋 세워서 옥진의 목소리를 들으려고 애썼다. 그런데 갑자기 이불이 확 젖혀지더니 옥진의 얼굴이 눈앞에 보였다. 갑작스러운 대면에 깜짝 놀란 아로가 눈을 질끈 감아 버리자 옥진이 묘덕 할머니를 돌아보면서 말했다.

"꾀병 같은데요?"

"아까 열이 펄펄 난 걸 봤단다. 원래 살던 곳이랑 날씨도 다르고 물도 다르니까 탈이 나는 거지."

묘덕 할머니가 두둔해 주는 소리에 기운을 낸 아로는 실눈을 뜨고 올려다봤다. 그러자 고개를 돌려서 아로를 쳐다본 옥진이 얘기했다.

"너 때문에 할머니가 제대로 못 주무시고 일해야 하잖아."

쥐구멍이라도 있으면 숨고 싶었지만 다행히 묘덕 할머니가 나서는 바람에 옥진은 입을 다물었다. 세 사람은 시래기죽으로 끼니를 때웠다. 먹는 내내 옥진은 뽀로통한 얼굴로 아로를 노려봤다.

식사를 마친 뒤 아로는 다시 누웠고, 할머니와 옥진은 작업장 사람들이 점심으로 먹을 주먹밥을 만들기 위해 부엌으로 나갔다. 할머니가 주먹밥을 만들면, 옥진이 광주리 두 개에 나눠 담았다. 그런 다음 머리에 올렸다. 두 사람은 작업장으로 가기 전에 아로의 방에 들렀다. 광주리가 무거웠던지 숨을 고르며 묘덕 할머니가 아로에게 말했다.

"금방 갔다 올 테니까 쉬고 있어라."

"다녀오세요."

아로는 이불 속에 누운 채 힘없이 대답했다. 묘덕 할머니를 따라 나가려던 옥진이 아로를 슬쩍 쳐다보고는 문을 닫았다. 걱정하는 눈빛이 담겨 있는 걸 본 아로는 얼굴이 달아올랐다.

아로는 그런 꿈을 꾼 이유가 궁금했다. 아버지를 만나기 위해서는 이들에게 거짓말을 해야 했다. 마음이 불편해진 아로는 그 와중에 어서 몸이 나아서 일을 하고 싶다는 생각이 들었다.

다음 날, 작업장에 제일 먼저 나온 아로를 본 달잠 스님은 반색을 했다.

"괜찮으냐?"

"네. 저 때문에 일이 지체된 건 아니죠?"

아로가 걱정스러운 얼굴로 묻자 달잠 스님이 껄껄거렸다.

"어미자 가지쇠는 어차피 하루 정도는 그냥 놔둬서 식혀야 한단다."

"다행이네요."

"어려서 그런지 금방금방 일어나는구나. 오늘은 어미자 가지쇠들을 다듬는 일을 할 거다. 준비됐냐?"

아로가 대답 대신 고개를 끄덕이자 달잠 스님은 머리를 한 번 쓰다듬어 주고는 화덕 앞으로 데려갔다. 그사이 안면이 생긴 일꾼들과 젊은 스님들이 반갑게 맞아 주면서 눈인사를 했다. 화덕의 불은 꺼져 있고, 그 옆의 작은 탁자에는 엊그제 만든 어미자 가지쇠들이 놓여 있었다. 탁자 아래 나무 상자에는 작은 톱과 끌, 송곳들이 들어 있었다. 나무 상자에서 톱을 꺼낸 달잠 스님이 어미자 가지쇠를 집어 들고는 활자 아래 대롱처럼 이어진 부분들을 가리켰다.

"이제부터 마무리 단계인데 나름 중요한 일이란다. 일단 톱으로 활자 아래 대롱 부분을 잘라 내고 끌이랑 송곳으로 활자를 다듬어야 한단다. 생각보다 시간이 많이 들고 힘든 일이니까 무리하지 말고 차근차근 해야 한단다. 일단 내가 시범을 보여 주마. 앉아서 해야 하니까 의자를 가져오너라."

달잠 스님의 말에 아로는 나무 의자 두 개를 찾아서 양손으로 들고 왔다. 의자에 앉은 달잠 스님이 톱을 잡는 법부터 금속활자를 어떻게 놓고 잘라야 힘이 덜 드는지 알려 줬다. 목골에서 조각칼을 잡아 본 아로에게는 식은 죽 먹기였다. 잘라 낸 부분들은 다시 모아서 다음번 쇳물을 만들 때 쓴다고 달잠 스님이 얘기해 줬다. 가지쇠와 금속활자를 잘라 내는 일은 생각보다 시간이 오래 걸렸다. 스님들은 조금 떨어진 작업장에 모여서 밀랍으로 어미자를 만드는 중이었다. 스님들은 어미자를 만들거나 쇳물을 붓는 작업을 맡고, 일꾼들은 밀랍을 준비하거나 가지쇠를 다듬는 일을 했다. 아로가 한참 동안 씨름해서 겨우 가지쇠에서 금속활자 하나를 떼어 내자 맞은편 의자에 앉아 있던 달잠 스님이 말했다.

"제법이구나. 잘라 낸 금속활자는 잘 정리해 놓아라. 이따가 따로 다듬어야 하니까 말이다."

"네."

우연의 일치인지는 모르겠지만 아로가 처음 가지쇠에서 잘라 낸 금속활자는 마음 심(心) 자였다. 마치 혼란스러운 자신의 마음을 들여다보는 듯한 느낌이었다. 한참 동안이나 금속활자를 들여다보던 아로는 다시 묵묵히 일했다. 묘덕 할머니와 옥진이 주먹밥을 가지고 왔을 때는 열 개가 넘는 금속활자들을 가지쇠에서 떼어 낼 수 있었다. 밥이 왔다는 말에 일꾼들과 스님들은 하나둘씩 자리에서 일어났고, 아로도 뒤따라 일어났다. 주먹밥이 든 광주리를 내려놓으며 숨을 돌린 묘덕 할머니는 아로를 보고 활짝 웃었다.

"우리 아로도 열심히 일하고 있구나. 아프지 않으니까 참 다행이다."

돗자리 끝에 걸터앉은 아로는 묘덕 할머니가 건네준 주먹밥으로 배를 채웠다. 그러는 사이 옥진은 지난번처럼 바가지에 막걸리를 가득 담아서 돌렸다. 묵묵히 주먹밥을 먹으면서 순서를 기다리던 아로가 바가지를 넘겨받으려는 순간 옥진이 낚아챘다. 그러고는 소매로 바가지 주변을 닦은 뒤 건넸다.

"밥알이 묻었어."

나지막한 옥진의 말을 듣고 얼떨결에 고개를 끄덕거린 아로는 막걸리를 쭉 들이켰다. 빈 바가지를 건네주자 옥진이 술병에 남은 막걸리를 마저 따라 주었다.

"너 주려고 좀 남겨 놨어. 얼른 마셔."

바가지에 새로 담긴 막걸리를 들이켠 아로는 저도 모르게 트림을 하고 말았다. 옥진이 손으로 입을 가리고 웃었다. 가슴이 두근거린 아로는 아무 말도 못 하고 자리를 떴다. 그러고는 묘덕 할머니와 함께 돌아가는 옥진의 뒷모습을 물끄러미 바라봤다. 한참을 그렇게 서 있는데 달잠 스님이 외치는 소리가 들려왔다.

"이제 일 시작하자."

아로는 어미자 가지쇠에서 떼어 낸 금속활자들을 다듬었다.

결단

줄로 거친 부분을 다듬고, 송곳으로 글씨 사이를 깨끗하게 파
냈다. 입으로 몇 번이고 불어 가면서 다듬는 동안 금속활자는
차츰 모양을 잡아 갔다. 그렇게 다듬은 금속활자는 물에 깨끗
하게 씻어서 달잠 스님에게 넘겨줬다. 달잠 스님은 마지막으로
부족한 부분을 손봤는데 특히 금속활자의 높이를 일정하게 맞
추는 것에 신경을 썼다. 그 광경을 본 아로가 물었다.

"왜 높이를 맞추는 건가요?"

달잠 스님은 높이가 다른 두 개의 금속활자를 아로에게 보
여 주면서 설명했다.

"인판틀에 금속활자를 넣고 먹물을 묻힌 다음에 종이로 찍
는 게 마지막 단계거든. 근데 활자 높이가 일정하지 않으면 어
떤 글자는 먹물이 너무 많이 묻어서 번져 버리고, 반대로 아예
찍히지 않는 경우가 생긴단다. 물론 종이에 찍기 전에 높이는
맞춰 놓지만 몇 번 찍다 보면 높낮이가 일정하지 않게 되거든."

"먹물을 금속활자 위에 바른 다음에 종이에 찍는다고요?"

아로가 묻자 달잠 스님이 고개를 끄덕거렸다.

"맞아. 금속활자를 다 만들고 나면 그걸 가지고《직지심체요
절》을 찍을 게다."

"언제쯤 찍을 수 있나요?"

고개를 갸웃거린 달잠 스님이 대답했다.

"지금 같은 속도라면 두어 달 정도면 금속활자 만드는 건 끝

난단다. 하지만 이후에 책 만드는 과정도 쉽지 않아서 말이야."

목판활자의 경우에도 판목에 글씨를 새기는 것만큼이나 중요하고 복잡한 게 바로 책으로 찍어 내는 과정이었다. 목판활자의 경우에는 비교적 간단했다. 글씨가 새겨진 판목에 먹물을 골고루 바른 다음 종이를 위에 붙이고 밀랍을 묻힌 말총 뭉치로 살살 누르거나 문지르는 방식을 썼다. 그렇게 찍어 낸 종이들을 겹겹이 내용의 순서대로 접어서 무거운 돌로 하루 정도 눌러놨다. 그리고 책등 쪽에 송곳으로 구멍을 내고 종이를 비벼서 꼬아 놓은 끈으로 연결했다. 판목에 글씨를 새기는 판각만큼이나 어렵고 복잡한 일인 데다가 실수를 하면 값비싼 종이를 버려야만 했다. 글씨 하나하나가 따로따로 떨어져 있는 금속활자의 경우에는 더 복잡하고 어려울 게 뻔했다. 목판 인쇄 과정을 옆에서 지켜봤던 아로는 아무것도 모르는 척 달잠 스님에게 물었다.

"책으로 만드는 것도 스님이 하세요?"

달잠 스님이 고개를 저었다.

"난 책을 만드는 법은 몰라. 금속활자를 만드는 것까지만 배웠단다."

"그럼 경한 스님이 아시나요?"

"사실은 말이다. 취암사에서 《직지심체요절》의 목판본을 만들 때 일을 도와준 판각수가 있었거든. 그 사람이 금속활자 만드는 법을 안다고 해서 스승님이 나와 석찬 스님에게 그 사람 밑에서 배우라고 하셨단다."

뜻밖의 얘기에 귀를 쫑긋 세운 아로가 물었다.

"판각수한테요?"

그렇다면 목골 사람은 아닐 거라고 속으로 생각했다. 목골에서는 외부인은 물론이고, 같은 마을 사람이라고 해도 판각수 일을 하기로 결정된 사람이 아니면 절대로 가르쳐 주지 않았다. 아로가 취암사에서 목판본을 만들었다는 판각수의 정체를 궁금해하는 동안 달잠 스님은 계속 얘기를 이어 갔다.

"응. 재작년 겨울 동안 나랑 석찬 스님에게 밀랍으로 어미자를 만들고, 쇳물을 부어서 금속활자를 만드는 법을 알려 줬단다. 그리고 인판틀을 만들어서 활자를 박은 다음에 종이에 찍는 법을 알려 주기로 하고는 돌아오지 않았지."

"돌아오지 않았다고요?"

얘기가 뜻밖의 방향으로 이어지자 아로는 저도 모르게 목소리가 높아졌다. 의심을 가질 만했지만 달잠 스님은 원체 떠들기를 좋아하는 성격인 데다가 남을 잘 믿는 편인지 중요할 수도 있는 얘기를 술술 털어놓았다.

"그러니까 스승님과 취암사에 있으면서 《직지심체요절》의 목판본을 만든 적이 있었어. 비용도 너무 많이 들고 보관도 문제라서 스승님께서 많이 고민하셨지. 그런데 그 사람이 나타

난 거야. 금속활자로 책을 만들면 비용도 덜 들고 보관이 쉽다고 말했단다. 어떻게 하면 더 많은 백성들에게 책을 읽힐 수 있을까 고민하던 스승님은 금속활자로 《직지심체요절》을 찍기로 하셨어. 그리고 우리한테 그 판각수와 함께 일을 하라고 하셨지."

"그 사람이 누군데요?"

아로의 물음에 달잠 스님의 눈빛이 묘하게 바뀌었다. 아차 싶어진 아로가 얼버무렸다.

"누군지 궁금해서요."

"이름을 말하지 않았어. 그냥 자기를 각수라고 불러 달라고 했어."

아로는 중요한 얘기라는 생각에 위험을 무릅쓰고 더 물어보기로 했다.

"어떤 사람이었나요?"

"특이한 사람이었어. 일할 때에도 필요한 것만 말하고, 자기 얘기는 절대 하지 않았지. 궁금하긴 했지만 스승님이 따로 물어보지 말라고 하셔서 그냥 일만 배웠지. 그러다 재작년 겨울에 고향에 갔다 온다고 떠났다가 아직까지 돌아오지 않았어."

"고향이 어디라고 했는데요?"

"글쎄다. 짐을 꾸리고 있는 옆에서 계속 물어봐도 아무 대답도 안 하더라고."

"그럼 그 사람 없이 계속 일을 하신 건가요?"

아로가 묻자 달잠 스님은 걱정이 가득 담긴 얼굴로 말했다.

"사실은 취암사의 스님들이랑 신자들이 금속활자로 책을 찍는 일을 못마땅하게 여겼단다."

"왜요?"

"각수가 경험이 없어서 금속활자를 만드는 일에 번번이 실패했어. 그러느라 돈과 시간을 많이 낭비했거든. 거기다 금속활자 만드는 일에만 신경을 쓰느라 사찰 일을 등한시한다고 다들 싫어했지. 결국 작년에 일이 크게 터지고 말았어. 취암사의 상좌승(上座僧, 주지 스님보다는 낮고 일반 스님보다는 높은 스님)이 젊은 스님들이랑 신자들을 이끌고 들고 일어났지."

그때의 일을 떠올리는 달잠 스님의 표정이 어두워졌다.

"때마침 흥덕사에서 주지 스님으로 와 달라는 요청이 있던 상태라서 스승님께서는 미련 없이 취암사를 떠나셨지. 나랑 석찬 스님도 스승님을 따라서 이곳으로 왔고 말이야."

아로는 어두운 표정의 달잠 스님을 쳐다보며 말했다.

"각수는 왜 아직까지 돌아오지 않는 걸까요?"

"봄에는 돌아온다고 하더니 아직 연락이 없네."

"그 사람이 없으면 어떻게 되는 건가요?"

아로의 말에 달잠 스님이 걱정스러운 눈빛으로 대답했다.

"당장 금속활자를 만드는 것까지는 어깨 너머로 배워서 어떻게든 하겠는데 인판틀을 만들어서 활자를 끼우고 종이에 찍는 건 한 번도 본 적이 없단 말이야. 스승님께 말씀드리기는 했는데 딱히 방법이 없으신 것 같아. 거기다 흥덕사에서도 금속활자를 만드는 걸 탐탁지 않게 여기는 눈치라서 말이야."

"왜요?"

"목판활자로도 충분히 책을 만들 수 있는데 무엇하러 번거롭게 구느냐는 거지."

아로는 말없이 얘기들을 곱씹었다. 무엇보다 각수라는 사람의 정체가 궁금했지만 달잠 스님도 더 이상 아는 게 없는 것 같았다. 생각에 잠겨 있던 아로에게 달잠 스님이 말했다.

"어서 일하자."

아로는 탁자 위에 놓았던 금속활자와 줄을 집어 들어 거칠게 튀어나온 모서리를 다듬었다. 한참 일하고 있는데 달잠 스님이 갑자기 뭔가 생각났다는 표정으로 얘기했다.

"그러고 보니까 말이야."

들고 있던 송곳을 탁자 위에 내려놓으며 달잠 스님이 얘기를 이어 갔다.

"내가 그 사람 배웅을 나갔거든. 헤어지면서 마지막으로 어디로 가는 거냐고 물었더니 목골이라고 하더라고."

"목골이요? 거긴 목판활자를 만드는 곳인데요?"

저도 모르게 대답한 아로는 아차 싶었다. 아니나 다를까 달잠 스님이 의아한 얼굴로 쳐다봤다.

"네가 그걸 어떻게 아느냐?"

당황한 아로는 거짓말로 둘러댔다.

"그, 그게 고향을 떠나서 여기로 내려오는 길에 그 마을 근처를 지나면서 얘기를 들었어요."

"그랬구나."

달잠 스님은 미심쩍어하는 표정이었지만 다행히 별다른 추궁 없이 넘어갔다. 위기를 넘긴 아로도 잠자코 줄로 금속활자를 다듬는 일에 열중했다. 그날 저녁 일이 끝날 때까지 아무 말도 하지 않았다.

일을 마치고 아로는 밥을 먹고 잠자리에 들었다. 목골로 갔다는 각수의 정체가 궁금했다. 목골로 갔다면 그곳 출신일 가능성이 크다. 그러면 평생 목판인쇄를 배웠을 텐데 어떻게 금속활자 기술을 익혔을까. 우덕 대행수가 뭔가를 얘기하지 않은 게 분명했다.

그러다 문득 그 사람이 죽은 줄로만 알고 있던 아버지일 수도 있다는 생각이 들었다. 거기다 작업장 옆에서 지켜보면서 금속활자가 어쩌면 목판활자보다 더 편리할 수도 있다는 생각이 서서히 스며들었다. 마음이 복잡해진 아로는 옆으로 돌아누우면서 목에 걸고 있던 작은 가죽 주머니를 움켜쥐었다. 목골을 떠나면서 한 번도 몸에서 떼어 놓지 않았다. 그 안에 뭐가 들어 있는지는 모르지만 자신이 어디서 왔고, 무슨 일을 해야 하는지를 알려 주는 징표 같았다. 주먹으로 가죽 주머니를 으스러지도록 움켜쥔 아로는 눈을 감고 잠을 청했다.

그로부터 한 달 동안 아로는 매일 작업장에 나가서 금속활자 만드는 일을 도왔다. 석찬 스님은 여전히 냉랭하게 대했지만 달잠 스님은 물론 경한 스님도 입이 마르도록 아로를 칭찬했다. 그러면서 완성된 금속활자들의 숫자는 차츰 늘어나서 이제 한두 달 뒤면 책을 찍을 수 있을 정도까지 다다랐다.

아로는 쌓여 가는 금속활자를 보면서 입이 바짝 말라 갔지만 스스로 핑계를 대면서 잊어버리려고 애를 썼다. 사실대로 털어놓으려고 몇 번이고 마음을 먹었지만 그때마다 차마 입을 열지 못했다. 자칫하다가는 아버지를 만나지 못하는 것이 아닌가 걱정이 되었기 때문이다. 그렇게 시간이 속절없이 흘러가던 중에 석찬 스님이 굳은 표정으로 작업장에 나타났다. 그러고는 경한 스님에게 다가와 무거운 목소리로 말했다.

"범장골 놈들이 밀랍 값을 세 배나 높게 불렀습니다."

"세 배나 말이냐?"

석찬 스님이 고개를 끄덕거렸다.

"우리가 금속활자를 만드느라 밀랍이 계속 필요하다는 걸 알고 수작을 부리는 게 틀림없습니다. 다른 마을에서도 밀랍을 구할 수 있는지 알아봤는데 농사일에 한창 바쁠 때라고 상대도 하지 않고 있습니다."

옆에 서 있던 달잠 스님이 걱정스러운 얼굴로 말했다.

"밀랍이 거의 다 떨어졌는데 어쩌죠?"

달잠 스님의 말에 경한 스님도 대답을 하지 못했다. 그때 석찬 스님이 끼어들었다.

"제가 범장산에 가서 구해 보겠습니다. 거기 산봉우리에 벌들이 많다는 얘기를 마을 사람들에게 들었습니다."

석찬 스님의 말에 달잠 스님이 만류했다.

"거긴 험한 곳이라 나무꾼들도 가지 않는 곳입니다."

"방법이 없지 않나? 밀랍이 없으면 금속활자 만드는 걸 중단해야 하고, 그러면 가뜩이나……."

석찬 스님은 옆에 서 있는 아로를 보고는 입을 다물었다. 경한 스님이 낮은 목소리로 말했다.

"발품을 파느라 고생했다. 일단 쉬고 나서 다시 얘기하자꾸나."

아랫입술을 꼭 깨문 석찬 스님이 인사를 하고는 물러났다. 달잠 스님이 호들갑을 떨었다.

"이거 큰일이네. 이제 사나흘 치밖에 안 남았는데 그게 떨어지고 나면 손가락만 빨아야 하잖아."

옆에서 얘기를 듣던 아로는 흥덕사로 돌아가는 석찬 스님을 뒤따라갔다. 어떻게든 작업이 중단되는 걸 막아야 한다.

산길을 헐레벌떡 뛰어 내려간 아로는 석찬 스님을 불렀다.

"석찬 스님!"

아로의 목소리를 듣고 고개를 돌린 석찬 스님은 눈살을 찌푸렸다.

"무슨 일이냐?"

"저랑, 저랑 같이 밀랍을 가져와요."

아로의 말을 들은 석찬 스님이 코웃음을 쳤다.

"네 녀석이 나설 일이 아니다."

아로는 석찬 스님 앞을 가로막았다.

"남은 밀랍은 사흘 치, 길어 봤자 나흘 치밖에는 없어요. 그게 떨어지면 일을 못 하게 되잖아요."

얘기를 들은 석찬 스님이 허리를 굽힌 채 아로의 눈을 뚫어지게 쳐다봤다. 얼음장처럼 차가운 목소리로 말했다.

"경한 스님이 방법을 찾아 주실 게다. 그러니까 나서지 마라. 꼬맹아."

아로는 다시 발걸음을 떼려는 석찬 스님의 손목을 잡았다.

"금속활자를 완성해야 할 거 아니에요."

"네 놈이 뭘 안다고 그래!"

버럭 소리를 지른 석찬 스님이 아로를 뿌리쳤다. 그러고는 흥덕사로 성큼성큼 돌아갔다. 홀로 남은 아로는 왜 따라가겠다는 말이 불쑥 나왔는지 스스로에게 궁금했다. 어쩌면 그 여행을 통해서 금속활자를 어떻게 봐야 할지 결론을 내릴 수 있다고 기대했을지도 모른다.

거절당한 아로는 풀이 죽은 채 묘덕 할머니의 방으로 갔다. 일찍 저녁을 먹고 베틀에 앉은 묘덕 할머니를 도와주면서 이런 저런 이야기를 나눴다. 아로의 얼굴을 흘끔 살펴보던 묘덕 할머니가 말했다.

"무슨 일 있었니?"

아로는 고개를 끄덕거렸다.

"금속활자를 만드는 데 필요한 밀랍이 부족해요."

묘덕 할머니가 혀를 찼다.

"저런, 주지 스님이 많이 걱정하시겠구나."

"할머니, 왜 사람들은 새로운 걸 두려워하나요?"

갑작스러운 아로의 물음에 묘덕 할머니는 북을 든 채 고개를 갸웃거렸다.

"사람들은 뭔가 바뀌는 걸 그다지 좋아하지 않기 때문이겠지. 익숙한 게 편하기도 하고 말이야."

"당연한 얘기 아닌가요?"

아로가 재차 묻자 묘덕 할머니는 씨실이 든 북을 보여 줬다.

"익숙한 것과 좋은 것은 다른 거란다. 씨실이 든 이 북이 없었을 때는 실을 직접 윗날과 아랫날 사이에 찔러 넣어야 했단다. 허리도 아프고 시간도 오래 걸렸지. 사람들이 만약에 그 불편함을 그냥 참고 넘겼다면 오늘날 같은 방식은 나오지 않았겠지. 금속활자도 마찬가지일 것 같구나. 어떤 사람들은 그것 때문에 자기 일이 줄어들까 염려가 돼서 반대하고, 또 다른 사람들은 그런 변화 자체를 두려워해서 반대하기도 하지. 그런데 말이다. 만약 사람들이 죄다 그렇게만 생각했다면 아직도 여자들은 윗날과 아랫날 사이에 씨실을 끼우기 위해 허리를 굽혀야만 했을 게다. 새로운 세상은 늘 쉽게 오진 않는단다."

묘덕 할머니의 말을 듣고 있던 아로는 갑자기 문이 열리는 소리에 깜짝 놀랐다. 상기된 표정의 석찬 스님이 아로를 향해 말했다.

"나랑 같이 가고 싶다고 했지?"

아로가 고개를 끄덕거리자 석찬 스님이 퉁명스럽게 말했다.

"그럼 내일 아침 해 뜨기 전에 뒷문으로 나와 있어라. 같이 범장산으로 가자."

석찬 스님의 얘기를 들은 묘덕 할머니가 끼어들었다.

"주지 스님은 뭐라고 하셨는데?"

"따로 말씀 안 드리고 갔다 오려고요. 안 그래도 사찰 일로 골치 아프신데 밀랍 문제까지 안기고 싶지는 않습니다. 내일 하루만 비밀로 해 주세요."

석찬 스님의 말에 묘덕 할머니가 대답했다.

"범장산까지 가서 밀랍을 구해 오려면 며칠은 걸리겠네. 아침밥 일찍 지어 놓을게."

"고맙습니다. 그럼 내일 들르겠습니다."

꾸벅 인사를 한 석찬 스님이 문을 닫고 사라지자 묘덕 할머니는 북을 놓으면서 말했다.

"내일 일찍 길을 떠나려면 너도 어서 눈을 붙이는 게 좋겠구나."

5

길을 떠나다

새벽닭이 울 무렵, 납의 차림에 삿갓을 쓴 석찬 스님이 묘덕 할머니의 방에 찾아왔다. 새벽에 일찍 깬 묘덕 할머니는 아궁이에 불을 지펴서 밥을 지었고, 찬장에서 몇 가지 나물과 절인 채소를 꺼내 놨다. 아로와 석찬 스님이 개다리소반에 놓인 밥과 반찬으로 배를 채우는 사이 묘덕 할머니는 주먹밥을 만들어서 보자기에 싸 주었다. 식사를 마친 석찬 스님에게 묘덕 할머니가 둘둘 말린 베를 건넸다.

"베 반 필이야. 중간에 써."

석찬 스님이 고개를 조아리면서 베를 받았다.

"이렇게 귀한 걸……."

"아로를 잘 보살펴 주게나."

"네. 주지 스님한테는 오늘 낮까지만 비밀을 지켜 주세요."

아로에게 짚신과 주먹밥이 든 바랑을 건넨 묘덕 할머니가
대꾸했다.

"알겠네."

회색 두건을 쓰고 바랑을 짊어진 아로는 고개를 꾸벅 숙여서
인사를 했다. 묘덕 할머니가 아로의 머리를 쓰다듬어 주었다.

"여행은 아이를 어른으로 만들어 준단다. 잘 다녀오너라."

삿갓을 푹 눌러쓰고 바랑을 멘 석찬 스님은 옻칠을 한 지팡
이를 들고 앞장섰고, 아로는 바랑을 짊어진 채 뒤따랐다. 아직
날이 새지 않아 어둑했지만 지평선의 먼동을 길잡이 삼아 희미
한 길을 걸어갔다. 성큼성큼 걷던 석찬 스님은 몇 번 걸음을 멈
추고는 아로가 잘 따라오는지 살폈다. 땀을 뻘뻘 흘리면서 뒤
처졌던 아로가 따라붙으면 말없이 발걸음을 뗐다.

큰길을 벗어나 오솔길로 접어들 무렵 아침 해가 떠올랐다.
산길로 접어들었지만 석찬 스님은 마치 평지를 걷는 것처럼 쑥
쑥 잘 걸어갔다. 개울물이 흐르는 계곡으로 들어서자 선선한
바람이 불어서 걸을 만했다. 아로는 어깨를 파고드는 바랑 끈
을 꽉 움켜쥔 채 정신없이 뒤를 따랐다. 다리가 거의 풀릴 지경
이 되어서야 석찬 스님이 개울가 평상처럼 넓은 바위를 가리키
면서 말했다.

"저기서 좀 쉬자."

겨우겨우 바위에 도착한 아로는 짚신을 벗어 던졌다. 삿갓

을 벗은 석찬 스님이 한마디 했다.

"한참 걷다가 신발을 바로 벗으면 발이 부어서 다시 걸을 때 많이 아프다. 번거롭더라도 발을 좀 주무른 뒤에 벗어야 해."

"네."

아로는 바랑에서 주먹밥이 든 보자기를 꺼내서 펼쳤다. 그리고 대나무 물통을 들고 얼른 개울물을 담아서 가져왔다. 그 사이 가부좌를 틀고 앉은 석찬 스님은 아로를 기다렸다. 물로 목을 축인 두 사람은 말없이 주먹밥을 먹었다. 얘기하는 걸 좋아하는 달잠 스님이나 푸근한 경한 스님과 달리 석찬 스님은 먼저 말을 건네기가 무서웠다. 말없이 주먹밥을 먹는 와중에 석찬 스님이 먼저 입을 열었다.

"고향에서 무슨 일을 했니?"

무슨 뜻으로 한 질문인지 눈치챈 아로는 조심스럽게 대답했다.

"그냥 아버지 농사일 도와드리고, 틈날 때 마을 대장간에서 일을 도왔어요."

"글도 안다고 하던데?"

연거푸 쏟아지는 질문에 아로는 속으로 식은땀을 흘리며 입을 열었다.

"옆집 향선생이 저를 귀여워해 주셔서 글자를 가르쳐 주셨어요."

거짓말로 둘러댄 아로는 조마조마했지만 다행히 석찬 스님은 더 이상 묻지 않았다. 주먹밥을 다 먹어 치운 석찬 스님이 자리를 털고 일어났다.

"어서 가자. 해가 떨어지기 전에 범장골에 도착하려면 서둘러야 한다."

"네."

주섬주섬 짐을 챙긴 아로는 짚신을 신었다. 석찬 스님의 말대로 그사이 발이 퉁퉁 부었다. 아픈 것을 억지로 참고 일어난 아로는 개울가로 조심스럽게 발을 디뎠다.

개울가를 따라 올라갈수록 산세가 더욱 험해졌다. 칼날 같은 바위들을 타고 올라가는 사이 산자락에 걸려 있던 해가 당장이라도 사라져 버릴 것처럼 작아졌다. 주먹밥을 먹고 난 뒤 쉬지도 않고 걷는 바람에 지칠 대로 지친 아로는 차츰 뒤처졌다. 앞장선 석찬 스님도 힘이 드는지 몇 번이고 멈춰 서서 숨을 몰아쉬었다. 그러다 해가 거의 떨어질 즈음 아로에게 말했다.

"조금만 힘을 내라. 저기만 넘어가면 나무꾼들이 머무는 움막이 있다. 여기는 밤이 되면 호랑이들이 나오는 곳이라 서둘러야 한다."

"저, 정말이요?"

호랑이라는 말에 화들짝 놀란 아로의 눈이 휘둥그레졌다. 그 말이 끝나기가 무섭게 먼 골짜기에서 호랑이 우는 소리가 들려왔다. 아로는 허겁지겁 무거운 발을 옮겼다. 석찬 스님의 말대로 언덕을 넘어가자 바닥에 나무를 기둥처럼 박고 솔가지로 벽과 지붕을 만든 움막이 여러 개 보였디.

움막 근처에는 모닥불을 피운 흔적이 보였다. 그중 제일 큰 움막의 문을 열어젖힌 석찬 스님이 아로에게 안으로 들어가라고 손짓을 했다. 그러고는 바랑에서 도끼를 꺼내 들고는 어디론가 사라졌다. 호기심에 아로가 움막 밖으로 고개를 내밀었다. 석찬 스님은 움막 근처의 소나무 가지를 도끼로 잘라서 돌아왔다. 모닥불을 피운 자리에 가지를 던지면서 말했다.

"내 바랑에 부싯돌이 있으니 불을 붙이거라. 난 장작을 좀 해 오마."

도끼를 어깨에 걸친 석찬 스님이 어둠 속으로 터벅터벅 걸어가는 것을 보며 아로가 말했다.

"조심하십시오."

고개를 돌린 석찬 스님이 피식 웃어 보였다. 석찬 스님의 바랑에서 부싯돌을 꺼낸 아로는 불을 지폈다. 한여름이지만 깊은 산 속의 저녁은 가을마냥 쌀쌀했다. 마른 솔잎과 솔방울에 불을 붙였다가 솔가지로 옮겨 붙이자 제법 불이 커졌다.

불이 활활 타오르자 아로는 짚신을 벗으려고 하다가 아까 석찬 스님이 한 말을 떠올리고는 두 손으로 발을 주물렀다. 그때 어둠 속에서 불쑥 모습을 드러낸 석찬 스님이 모닥불 앞에 솔가지와 나무뿌리 한 다발을 던졌다.

"마랑 칡뿌리다. 불에 넣어라. 이 솔가지들은 절반은 불에 넣고 나머지는 잘 모아 놓고."

"네."

마와 칡뿌리를 모닥불에 집어넣은 아로는 바랑에서 남은 주먹밥을 꺼냈다. 차갑게 식었지만 종일 걸었던 아로에게는 꿀맛이나 다름없었다. 아로가 손가락에 묻은 밥풀까지 핥아 먹는 것을 본 석찬 스님이 솔가지로 모닥불을 헤집어 마와 칡뿌리를 꺼내 줬다.

"뜨거우니까 식혔다가 먹어라."

"고맙습니다."

"고개 하나만 더 넘어가면 범장산 꼭대기다. 거기 바위틈에 벌집이 있을 거야."

"벌집이면 벌이 많겠네요?"

석찬 스님이 긴장한 표정으로 말했다.

"불을 피워서 쫓아 버린 다음에 작업해야지. 나도 먼발치서 본 게 전부라서 말이야."

"벌이 정말 그렇게 무서워요?"

아로의 물음에 석찬 스님이 고개를 끄덕거렸다.

"범장골 사람들 말로는 벌에 많이 쏘이면 죽을 수도 있다는구나. 어쨌든 내일 벌집 따는 일은 내가 할 테니까 너는 멀찍이 있다가 도와주려무나."

고개를 끄덕거린 아로는 주저하다가 입을 열었다.

"그런데 스님은 왜 금속활자 만드는 일에 열중하신 거에요?"

뜻밖의 질문이었는지 의아한 얼굴로 아로를 바라보던 석찬 스님이 스치듯 얘기했다.

"같은 꿈을 꾸기 때문이지. 그래서 그런 거란다."

"같은 꿈이요?"

아로가 중얼거리자 석찬 스님이 또박또박 말했다.

"그래, 같은 꿈. 솔직히 얘기하면 난 달잠 스님과 달리 글을 읽지 못한다. 하지만 스승님이 무슨 뜻으로 금속활자로《직지 심체요절》을 찍으려고 하는지는 잘 알고 있어. 그러니까 스승 님이 하시고자 하는 일이 곧 내 일, 그러니까 내 꿈이 되는 것 이지."

아로는 금속활자를 만들기 위해 이처럼 위험한 일을 마다하 지 않는 자세한 이유가 궁금했지만 더 이상 묻지 못했다. 석찬 스님이 껄껄거리면서 불이 알맞게 붙은 솔가지를 집어 들면서 몸을 일으켰다.

"나중에 크면 알게 될 거다. 내일도 일찍 떠나야 하니까 슬 슬 눈을 붙이자꾸나. 남은 소나무 가지를 들고 들어오너라."

문을 열고 움막 안으로 들어간 석찬 스님은 솔가지를 들고 뒤따라 들어온 아로에게 불을 비춰 주면서 말했다.

"저쪽 구석에 소나무 가지들을 길게 깔아라. 그리고 옷으로 덮은 다음 그 위에 누워서 자면 된다."

"소나무 가지 위에서 잔다고요?"

아로의 반문에 석찬 스님이 고개를 끄덕거렸다.

"그래. 솔잎 때문에 따끔거리긴 하지만 바닥의 냉기도 피하고 벌레들도 막을 수 있단다."

아로는 석찬 스님이 시킨 대로 움막 바닥에 솔가지를 깔고 그 위에 입고 온 저고리를 벗어서 깔았다. 아로가 누운 것을 본 석찬 스님이 들고 있던 불붙은 솔가지를 문밖에 던져 버렸다.

"푹 자거라."

솔가지로 만든 요 아닌 요 위에 누운 석찬 스님은 곧 코를 골며 잠에 빠져들었다. 아로도 멀리서 들려오는 산짐승 우는 소리를 자장가 삼아 잠들었다.

얼마나 시간이 흘렀을까? 깊은 잠에 빠져 있던 아로는 석찬 스님이 어깨를 흔드는 바람에 잠에서 깨어났다. 어두운 움막 안에 석찬 스님의 굵직한 목소리가 울렸다.

"일어나거라. 시간이 되었다."

석찬 스님이 움막의 문을 활짝 열어젖히자 아침 햇살이 쏟아져 들어왔다. 눈을 비비면서 일어난 아로는 손으로 얼굴을 가리고 주섬주섬 바랑을 챙겼다. 그사이 움막 밖의 모닥불을 뒤적거린 석찬 스님이 불을 붙였다. 아로는 바랑에서 주먹밥을 꺼내서 내밀었다.

"마지막 남은 주먹밥이에요."

"하나씩 먹고 일어서면 되겠구나. 아침 바람이 차니 불 옆에 앉아서 먹어라."

"네."

불이 솔솔 일어나는 모닥불 앞에 앉아서 길게 하품을 한 아로는 마지막 남은 주먹밥을 우걱우걱 씹어 먹었다. 아로가 주먹밥을 먹는 사이 석찬 스님은 일찌감치 주먹밥을 먹어 치우고 긴 소나무 가지를 잘라다가 다듬었다. 지팡이를 만드는가 싶었는데 제일 끝부분의 가지와 솔잎은 쳐내지 않았다. 그렇게 몇 개의 가지를 다듬어서 발치에 쌓아 놓는 것을 본 아로가 물었다.

"어디에 쓰실 건가요?"

"벌집에서 벌들을 쫓아낼 때 쓸 거란다. 넌 횃불을 몇 개 만들어라."

주먹밥을 먹어 치우고 남은 물을 마신 아로는 소나무 가지들 중 송진이 많이 묻은 것들을 골라서 껍질을 벗겼다. 그리고 그중 하나에 불을 붙인 다음 출발하는 석찬 스님을 뒤따라갔다. 산길은 여전히 험했지만 산새가 조용히 우는 고요한 산 속은 마음을 차분하게 만들어 주었다. 야트막한 소나무 숲이 꼭대기까지 이어졌다.

하루 동안의 여정이지만 경한 스님과 그 제자들이 왜 금속활자로 책을 찍는 것에 열중하는지를 짐작해 볼 수 있는 시간이었다. 마을의 번영이 우선인 목골에서 자란 아로는 다른 사람과 후대를 위한 그들의 노력을 어떻게 받아들여야 할지 혼란스러웠다. 경한 스님부터 달잠 스님과 석찬 스님까지 모두 자신보다는 얼굴도 모르고 연관도 없는 다른 사람들에 대해서 얘기하고 걱정했다. 이런저런 생각을 하느라 걸음이 무거워진 아로의 눈에 한참 앞서간 석찬 스님이 소나무 숲이 끝나는 지점에 멈춰 서서 바랑을 벗는 것이 보였다. 석찬 스님은 스무 걸음쯤 떨어져 있는 앞의 바위를 쳐다보면서 말했다.

"저기에 벌집이 있다. 위험하니까 너는 여기서 기다려라."

뾰족하게 솟은 바위 꼭대기는 사람 하나 들어갈 정도로 갈라져 있었다. 그곳에 사람 몸통만 한 벌집이 있었다. 벌집이 있는 바위 꼭대기는 제법 높아 보였고, 잡고 올라갈 만한 것도 보이지 않았다. 바랑을 벗어서 바닥에 내려놓은 석찬 스님이 안에 든 것들을 꺼냈다. 맨 먼저 꺼낸 것은 커다란 보자기였다.

"여기에 벌집을 담을 거다."

석찬 스님이 바랑에서 꺼내는 것들을 본 아로는 눈이 휘둥그레졌다. 석찬 스님은 짚으로 엮은 토시를 팔에 끼고 겨울에 신는 둥그니라는 짚신을 신었다. 얼굴을 두건으로 감싼 다음 어린 소나무 가지를 엮어서 만든 삿갓처럼 생긴 송낙을 썼다. 마지막으로 도끼와 보자기들을 허리에 찬 다음에 아로에게 횃불을 가져오라고 손짓을 했다. 아로가 횃불을 건네자 석찬 스님은 아까 끝부분에 솔잎과 솔방울들을 남겨 놓은 소나무 가지 끝에 불을 붙였다. 그리고 허공에 대고 휘휘 돌리자 마른 솔잎과 솔방울이 타면서 매캐한 연기를 뿜어냈다. 그때서야 아로는 석찬 스님이 왜 그걸 만들었는지 이해가 갔다.

"그 연기로 벌들을 쫓아낼 생각이셨군요."

석찬 스님은 가볍게 고개를 끄덕이고는 불붙은 소나무 가지를 옆구리에 끼고, 다른 소나무 가지는 등에 짊어진 채 바위를 올라갔다. 바위를 타고 올라가기 편한 복장이 아니라서 걱정했지만 석찬 스님은 생각보다 능숙하게 바위를 탔다. 다행히 벌집이 있는 바위 꼭대기까지 별 탈 없이 올라갔다. 하지만 지금부터 시작이었다. 옆으로 길게 뻗은 소나무 가지를 움켜쥐고 바위틈에 선 석찬 스님이 불붙은 소나무 가지를 벌집 근처에 갖다 댔다.

석찬 스님이 올라갈 때부터 붕붕거리며 모여들던 벌들은 본격적으로 석찬 스님에게 날아갔다. 석찬 스님이 벌에 쏘였는지 휘청거렸다. 그 바람에 소나무 가지 하나를 놓치고 말았다. 바위에 퉁퉁 부딪친 소나무 가지는 아래로 떨어졌다. 간신히 불을 옮겨 붙인 석찬 스님이 소나무 가지를 벌집에 갖다 댔다. 벌집을 빠져나온 벌들이 석찬 스님 주위를 맴돌았다. 몇 번이고 휘청거리던 석찬 스님은 소나무 가지를 붙잡은 손을 부들부들 떨면서도 계속 벌집 주변에 휘둘렀다.

두 번째 소나무 가지의 불이 거의 꺼져 버리자 석찬 스님은 미련 없이 내던졌다. 그리고 허리춤에 찬 도끼를 한 손에 쥐고 조심스럽게 벌집 쪽으로 다가갔다. 연기 때문에 대부분의 벌이 벌집에서 나왔지만 아직 적지 않은 숫자가 남아 있었다. 석찬 스님이 도끼로 바위틈의 벌집을 조심스럽게 뜯어내기 시작했다. 그러다 웬만큼 떨어졌다고 판단했는지 보자기로 덮어씌웠다. 몇 번의 위기를 잘 넘기고 결국 보자기로 벌집을 싸는 데 성공했다.

손에 땀을 쥔 채 그 광경을 지켜보던 아로는 저도 모르게 손을 번쩍 치켜들었다. 그때 벌집을 잃은 벌들이 맹렬하게 덤벼들면서 석찬 스님은 도끼를 떨어뜨리고 말았다. 벌들이 웽웽거리면서 석찬 스님을 둘러쌌다. 하지만 석찬 스님은 그 와중에도 보자기를 필사적으로 감싸안은 채 조심스럽게 절벽을 내려왔다. 아로는 소나무 가지를 몇 개 꺾어서 양쪽 손에 쥔 다음에 바위 쪽으로 뛰어갔다.

거의 다 내려오던 석찬 스님은 바위를 잘못 밟고 아래로 굴러떨어졌다. 놀란 아로는 한걸음에 뛰어가다가 극심한 통증에 그만 비명을 지르고 말았다. 석찬 스님을 따라 내려온 벌들이 붕붕거리며 날아다니는 게 보였다. 순식간에 얼굴과 손등에 몇 방 쏘인 아로는 눈물이 쏙 나올 정도로 아팠다. 하지만 쓰러진 석찬 스님을 그냥 둘 수는 없었다. 양손에 든 소나무 가지를 미친 듯이 휘두르며 벌들을 쫓아낸 아로는 쓰러진 석찬 스님을 질질 끌었다. 시체처럼 축 늘어진 석찬 스님은 돌덩이보다 무거워서 안간힘을 써도 조금밖에 움직이지 못했다.

그러는 사이에도 벌들은 두 사람 주위를 붕붕 날아다니면서 침을 쐈다. 아로는 눈물을 줄줄 흘리면서도 석찬 스님을 잡은 손을 놓지 않았다. 소나무 숲으로 들어오고 나서야 벌들도 포기하고 물러났다. 손등과 얼굴, 목에 온통 벌을 쏘인 석찬 스님은 여전히 눈을 뜨지 못했다. 아로는 벌에 쏘여서 퉁퉁 부은 손으로 석찬 스님을 흔들었다.

"스님! 정신 차리세요. 제발 눈 좀 뜨세요."

아로가 소리를 치면서 흔들자 석찬 스님은 신음 소리를 토해 내면서 간신히 눈을 떴다. 그러고는 가느다란 목소리로 말했다.

"내 바랑에 있는 베를 가지고 산 아래 마을을 찾아가거라. 그걸 주고 장을 달라고 해."

"자, 장이요?"

"그래. 벌에 쏘였을 때는 그게 특효약이다. 어서 가거라."

"하, 하지만……."

아로는 차마 다 죽어 가는 석찬 스님을 두고 떠날 수가 없었다. 아로가 머뭇거리자 석찬 스님이 얘기했다.

"어서. 시간이 없어."

아로는 벌떡 일어나서 석찬 스님의 바랑을 놓아둔 곳으로 뛰어갔다. 바랑을 뒤져 베를 옆구리에 끼고 산 아래로 달렸다. 돌부리에 걸리면서 몇 번이고 뒹구는 바람에 코피가 나고 손등이 터지면서 피범벅이 되었다. 하지만 아로는 걸음을 멈추지 않았다.

한참을 정신없이 달리던 아로는 뭉실뭉실 피어오르는 연기를 발견하고 걸음을 멈췄다. 떨리는 다리로 그쪽을 향해 방향을 튼 아로가 숲을 헤쳐 나갔다. 그러자 나무를 지붕으로 삼은 너와집이 보였다. 때마침 마당에 빨래를 널던 아주머니가 아로를 보고는 기겁하고 안으로 사라졌다. 아로가 마당에 들어서자 두건을 질끈 동인 아저씨가 짧은 창을 들고 앞을 가로막았다.

"웬 놈이냐!"

아로는 떨리는 손으로 옆구리에 끼고 온 베를 내밀면서 애원했다.

"도, 도와주세요. 스님이 벌에 쏘여서 쓰러졌어요. 이걸 드릴 테니까 제발 장을 주세요."

창을 겨눈 아저씨는 슬금슬금 다가와서는 베를 낚아챘다. 그러고는 집 안을 향해 던졌다. 부엌 문 뒤에 숨어 있던 아주머니가 베를 집어 들었다. 아주머니가 베를 챙긴 것을 확인한 아저씨가 물었다.

"벌에 쏘였다고?"

"네. 바위 꼭대기에서 갑자기 날아와서는 정신없이 쏘아 댔어요."

얘기를 들은 아저씨는 혀를 차면서 창을 내려놨다.

"저런, 거기는 벌들이 독해서 꿀을 찾는 사람들도 안 가는 곳인데 잘못 걸렸구나. 잠깐 기다려라."

부엌으로 들어간 아저씨는 잠시 후 바가지와 대나무 물통을 하나 가지고 나왔다. 바가지에는 진한 색깔의 장이 반쯤 담겨 있었다.

"장을 찍어 쏘인 곳에 바르고, 남은 장은 물에 타서 드려라. 그리고 좀 쉬면 움직일 수 있을 게다. 정신이 돌아오면 여기로 모시고 내려오너라."

"고맙습니다. 정말 고맙습니다."

코가 땅에 닿도록 인사를 한 아로는 바가지와 물통을 넘겨받았다. 그리고 바가지에 든 장이 쏟아지지 않도록 안간힘을 쓰면서 산길을 올라갔다. 아로는 밀랍을 구하러 가자고 먼저 말했던 순간부터 원래 자신이 해야 할 일을 넘어섰다고 생각했다. 금속활자를 만드는 방법을 알아내고, 왜 그걸로 책을 찍어 내는지 알아내는 것이 목골의 우덕 대행수가 시킨 일이었다. 그것이 죽은 줄 알았던 아버지를 찾는 길이었다.

하지만 아로는 방법을 알아내고 이유를 캐내는 것을 넘어서서 그들의 생각을 받아들이기로 했다. 타인을 위해, 후손을 위해 금속활자를 만들고 그걸로 책을 찍어 내겠다는 숭고함이 그의 마음을 녹인 것이다. 아로는 같은 자리에 누워 있는 석찬 스님을 발견했다. 비틀거리는 걸음으로 달려간 아로는 바가지와 대나무 물통을 바닥에 내려놓고 스님을 흔들어 깨웠다.

"저 왔습니다. 스님, 괜찮으세요?"

가늘게 눈을 뜬 석찬 스님의 얼굴에 안도의 빛이 감돌았다. 아로는 너와집의 아저씨가 얘기한 대로 바가지의 장을 손가락으로 찍어서 벌에 쏘인 곳에 발랐다. 남은 장에 대나무 물통에 든 물을 따라서 손가락으로 휘휘 저었다. 그리고 한 손으로 석찬 스님의 머리를 받쳐 들고 바가지에 든 장물을 조금씩 먹였다. 장물을 마시던 석찬 스님이 손으로 바가지를 밀면서 작은 목소리로 말했다.

"너도 벌에 쏘였잖느냐? 남은 건 네가 마셔라."

그 얘기를 끝으로 석찬 스님은 다시 의식을 잃었다. 아로는 덜컥 겁이 났지만 가느다란 숨소리를 듣고는 안심했다. 바가지에 남은 장물을 마신 아로는 비틀거리면서 일어났다. 벌집을 싼 보자기를 챙기고 도끼를 비롯한 도구들을 바랑에 차곡차곡 집어넣었다. 아로도 벌에 적지 않게 쏘인 탓에 조금만 급하게 움직여도 눈앞이 핑핑 돌았고, 몸은 천근만근이었다. 흩어진 도구들을 정리해서 바랑 속에 넣는 데도 시간이 많이 걸렸

길을 떠나다

다. 마지막에는 엉금엉금 기다시피 해서 석찬 스님 곁으로 돌아온 아로는 바랑과 벌집을 싼 보자기를 석찬 스님의 머리맡에 놓고는 쓰러지듯 나무에 기댄 채 주저앉았다. 햇살의 뜨거움이 더 이상 느껴지지 않았다.

얼마나 눈을 감고 있었을까? 서늘한 바람이 뺨을 스치고 지나가면서 아로는 눈을 떴다. 하늘 한복판에 떠 있던 해는 어느덧 산 너머로 사라질 준비를 하고 있었다. 벌에 쏘인 손등이 제법 가라앉은 것을 본 아로는 조심스럽게 얼굴과 목을 만졌다. 부기가 가라앉은 것이 느껴졌다. 여전히 옆에 누워 있는 석찬 스님의 얼굴과 목덜미도 부기가 꽤 가라앉은 게 보였다. 석찬 스님도 의식이 돌아오는지 가벼운 신음 소리와 함께 눈을 떴다. 눈을 뜨자마자 벌집부터 찾았다.

"잘 챙겼니?"

아로는 대답 대신 보자기를 들어 올렸다. 한숨을 돌린 석찬 스님이 신음 소리와 함께 몸을 일으켰다.

"산 아래 집이 있었니?"

"중턱쯤에 너와집이 하나 있었어요. 벌에 쏘였다고 했더니 장이랑 물을 줬어요. 그 집 아저씨가 좀 나아지면 스님을 모시고 내려오라고 했어요."

아로의 말을 들은 석찬 스님이 산 아래쪽을 굽어보면서 말했다.

"해가 떨어지기 전에 어서 내려가자."

석찬 스님이 벌집을 싼 보자기를 들었고, 아로가 도끼가 든 스님의 바랑을 짊어졌다. 벌에 쏘인 충격이 아직 남았는지 두 사람은 몇 번이고 넘어질 듯 휘청거렸다. 그러면서 둘은 자연스럽게 서로를 의지했다.

조심스럽게 내려간 두 사람이 너와집에 도착한 것은 어둠이 내려앉을 무렵이었다. 마당에 서서 바깥을 살피던 아저씨는 두 사람을 보고는 혀를 찼다.

"다행히 살아 계십니다. 어쩌다 벌집은 건드리셨소?"

피식 웃은 석찬 스님이 공손히 합장을 하면서 대답했다.

"사정이 그렇게 되었습니다. 하룻밤 머물기를 청합니다."

"얼른 들어오십시오. 여긴 밤만 되면 호랑이들이 설치는 곳이라 집도 이렇게 만들었습니다."

아저씨의 말대로 너와집의 문짝은 두툼했고, 벽은 널빤지로 막아 놨다. 안에는 마당과 작은 마루, 방들이 보였고, 한쪽 구석은 아궁이가 있는 부엌이었다. 사방이 벽과 지붕으로 막혀 있어서 몹시 어두웠지만 아저씨가 등불을 기둥에 걸자 주변이 어느 정도 환해졌다. 그사이 아로는 석찬 스님을 부축해서 마루에 앉혔다. 두 사람이 가져온 바랑과 보자기를 힐끔 본 아저씨가 말했다.

"그냥 지나가는 길은 아니었나 봅니다."

마루에 걸터앉은 석찬 스님이 대꾸했다.

"흥덕사에서 왔습니다. 금속활자를 만드는 데 필요한 밀랍을 구하러 왔습니다."

얘기를 들은 아저씨가 어이가 없다는 표정으로 말했다.

"안 그래도 사람들이 그 얘기하는 걸 들었습니다. 아무리 급해도 그렇지 어떻게 그 바위에 올라갈 생각을 하셨습니까?"

"다 부처님의 뜻이지요."

피식 웃은 아저씨가 꿀이 묻어 나온 보자기를 보면서 말했다.

"어쨌든 만만치 않은 양입니다."

"우리가 필요한 건 밀랍입니다. 꿀은 가지시고 밀랍만 따로 뽑아 주실 수 있습니까?"

석찬 스님의 얘기를 들은 아저씨가 팔짱을 끼면서 얘기했다.

"하루만 시간을 주면 밀랍을 따로 뽑아 드리겠습니다."

"그렇게 하시지요."

석찬 스님의 얘기를 들은 아저씨가 수염이 무성한 턱으로 부엌에 딸린 방을 가리켰다.

"오늘은 저 방에서 주무십시오. 저녁밥은 집사람이 차려 드릴 겁니다."

얘기를 마친 아저씨는 보자기를 들고 마당 한쪽으로 향했다. 일이 잘 풀린다는 안도감에 긴장이 풀린 아로는 그대로 바닥에 주저앉고 말았다. 석찬 스님이 옆에 와 앉으라고 손짓을 했다. 엉덩이를 털고 일어난 아로가 마루에 걸터앉자 석찬 스님이 물었다.

"아까는 너도 위험한 상황이었는데 왜 도망치지 않고 도와 줬느냐?"

갑작스러운 물음에 아로는 적당한 말을 찾지 못했다. 그러다 문득 벌에 쏘여 따끔거리는 손등을 내려다봤다. 난생처음 겪는 고통 속에서도 도와야겠다는 생각뿐이었다.

"그냥, 도와드려야겠다는 생각이 들어서요. 거기 누워 있으면 벌에 계속 쏘이잖아요."

아로의 대답을 들은 석찬 스님이 말했다.

"고맙다."

석찬 스님에게 들은 첫 번째 칭찬이었다. 눈물이 핑 돈 아로가 훌쩍거리자 석찬 스님이 장난스럽게 머리를 쓰다듬었다.

"다 큰 녀석이 울기는……."

두 사람이 얘기를 주고받는 사이 아주머니가 밥상을 차려 왔다.

"산골이라 먹을 게 시원찮아요."

장에 무친 나물과 잡곡이 잔뜩 섞인 밥이 전부였지만 아침에 먹은 주먹밥이 전부였던 두 사람은 머리를 맞대고 게걸스럽게 먹어 치웠다. 두 사람이 밥을 먹는 사이 너와집 아저씨는 절구에 벌집을 넣고 절구 공이로 빻았다. 두 사람이 쳐다보자 아저씨는 땀이 난 이마를 손등으로 훔치면서 말했다.

"절구로 잘 빻은 다음에 천에 거르면 꿀은 밑으로 빠지고 벌집만 위에 남지요. 그걸 약한 불에 올려 녹이면 밀랍이 됩니다. 내일 하루면 끝날 테니 그동안 쉬면서 벌에 쏘인 상처나 잘 치료하십시오."

아저씨의 얘기에 석찬 스님이 고개를 끄덕거렸다.

"알겠습니다."

배를 채운 아로에게 솔솔 잠이 찾아왔다. 까무룩 잠이 들 기미를 보이자 석찬 스님이 웃으면서 말했다.

"얼른 들어가서 눈 좀 붙이거라."

짚으로 짠 자리가 깔린 방에 벌렁 누운 아로는 목침을 베고 누웠다. 막상 누우니 이런저런 생각에 쉽게 잠이 오지 않았다. 아버지를 찾아가라는 것은 어머니의 유언이기도 했다. 그래서 우덕 대행수에게 간청했지만 싸늘하게 거절당하고 말았다. 죽은 줄 알았던 아버지가 어딘가에 살아 있지만 누군지 알 수 없고, 찾아갈 수도 없다는 사실이 어린 아로를 미치게 만들었다. 의지할 곳이 없어진 아로는 엇나가기 시작했다. 그러다가 우덕 대행수가 맡긴 일을 잘해 내면 아버지가 누구인지 알려 주겠다고 약속받았다. 금속활자를 왜 만들고 어디에 쓰는지는 관심 밖이었다. 오직 맡은 일을 해내고 아버지를 만나야겠다는 마음뿐이었다.

그런데 그런 마음은 금속활자를 만드는 일에 참여하면서 잊어버렸다. 얼굴도 모르는 사람들과 후대를 위해서 고생을 자처하는 경한 스님과 제자들의 모습을 보면서 함께하고 싶다는 생각이 들었다. 하지만 여전히 아버지를 만나고 싶다는 생각, 목골 사람으로서 목판활자를 지켜야 한다는 의무감이 그에게 혼란을 안겨 주었다. 생각에 잠겨 있던 아로는 문이 열리는 소리에 황급히 눈을 감고 자는 척했다.

문을 열고 들어선 것은 석찬 스님이었다. 아로가 자는 줄 안 스님은 누워 있는 아로를 물끄러미 내려다보더니 입고 있던 저고리를 벗어서 덮어 주었다. 그리고 벌에 쏘인 손을 주물러 주고는 밖으로 나갔다. 문이 닫히는 소리를 듣고 다시 눈을 뜬 아로는 좀처럼 잠을 이루지 못했다.

우덕 대행수가 지시한 대로 금속활자를 만드는 법과 왜 만드는지 이유는 알아냈다. 하지만 선뜻 사실을 밝힐 수는 없었다. 자신을 받아 주고 마음을 열어 준 이들에게 크나큰 실망과 배신감을 안겨 줄 게 두려웠기 때문이다. 사라진 아버지에 대한 비밀을 알려 주겠다는 우덕 대행수의 얘기가 귓가에 계속 맴돌았다. 이러지도 저러지도 못한 아로는 계속 뒤척거리다가 새벽녘에야 눈을 붙일 수 있었다. 주변을 모두 막아 놓은 너와집인 탓에 별빛이 스며들지 않았다.

바깥에서 들려오는 소리에 눈을 뜬 아로는 손을 뻗어 문을

열었다. 문이 모두 열려 있어서 한낮이라는 사실을 금방 알아
차릴 수 있었다. 깜짝 놀란 아로가 허겁지겁 나오다가 마침 부
엌에서 나오던 아주머니와 마주쳤다.

"아이고, 이제 일어났니?"

"스님은 어디 계세요?"

아주머니가 손가락으로 가리켰다.

"저기 마당에서 꿀을 거르고 계시지."

짚신을 신은 아로는 곧장 마당으로 갔다. 그곳에서 너와집
아저씨는 절구에 빻은 벌집을 바가지로 떠서 천에 부으며 꿀
을 거르는 중이었다. 처음 보는 광경에 아로가 감탄사를 날리
자 석찬 스님이 옆으로 오라고 했다. 그러고는 손가락으로 꿀
을 찍어서 내밀었다.

"먹어 봐라."

석찬 스님의 손가락에 묻은 꿀은 달짝지근했다. 아로의 얼
굴에 미소가 퍼지는 걸 본 석찬 스님이 말했다.

"어제는 죽이고 싶을 만큼 벌이 미웠는데 오늘 꿀을 맛보니
까 생각이 또 달라지는구나. 이런 간사한 마음이 남아 있으니
아직 부처님 뒤를 따라가려면 한참 먼 것 같다."

천에 걸러진 꿀은 아래에 놓인 나무통에 들어 있고, 위에 남
은 벌집은 아저씨가 주걱으로 살살 긁어서 작은 솥에 집어넣었
다. 아로는 옆에 서서 꿀 냄새를 맡고 날아온 벌을 쫓았다. 그

렇게 점심 무렵까지 꿀을 거른 세 사람은 아주머니가 차려 준 음식으로 배를 채웠다. 또 아주머니는 장을 따로 챙겨서 벌에 쏘인 두 사람에게 바르게 했다. 꿀은 아주머니가 가져가고, 벌집은 솥에 남았다. 마당에 있는 돌 위에 벌집이 든 솥을 올린 아저씨는 장작을 가져와서 불을 지폈다.

"꿀을 거른 벌집을 이렇게 약한 불에 은근히 끓이면 밀랍으로 변하지요. 그걸 굳히면 초가 되고 말이에요."

아저씨는 불을 지켜보면서 이런저런 얘기를 들려주었다. 아로는 부엌과 마당을 오가면서 심부름을 했다. 불을 한참 지피자 솥의 벌집은 차츰 녹아서 노란 액체로 변했다. 장작으로 몇 번 휘저은 아저씨는 주르륵 흘러내리는 걸 보고는 석찬 스님에게 말했다.

"거의 다 된 것 같습니다. 이대로 식히면 잘 굳을 겁니다."

완성되었다는 소리에 석찬 스님의 얼굴에 안도감이 흘렀다.

다음 날, 일찌감치 눈을 뜬 아로는 바랑을 챙겼다. 그사이 아저씨는 솥에서 굳은 밀랍을 퍼서 보자기에 담아 주었다. 묵직한 보자기를 든 아로가 활짝 웃으면서 말했다.

"이 정도면 당분간은 걱정 없겠어요."

"아무렴, 어서 가자꾸나."

바랑을 짊어진 석찬 스님의 말에 아로도 떠날 채비를 했다.

그때 아주머니가 대나무 물통을 건넸다.

"벌집에서 걸러 낸 꿀이에요. 가져가세요."

스님은 괜찮다고 손사래를 쳤지만 아저씨까지 가세했다.

"베를 반 필이나 받고 꿀까지 다 챙길 수는 없지요. 남은 양도 제법 되니까 염려 마세요."

결국 꿀이 든 대나무 물통을 챙긴 아로는 석찬 스님과 함께 길을 나섰다. 하루를 푹 쉰 데다가 내리막길이라서 발걸음이 한결 가벼웠다. 덕분에 점심 무렵에는 앞장선 아로의 눈에 저 멀리 흥덕사가 보였다.

"스님! 흥덕사가 보입니다."

아로의 말에 석찬 스님도 미소를 머금은 채 고개를 끄덕거렸다.

"떠난 지 나흘 만이구나."

바랑의 끈을 움켜쥔 아로는 성큼성큼 걸어갔다. 흥덕사 안으로 들어간 아로와 석찬 스님은 곧장 묘덕 할머니의 방으로 향했다. 한낮이라 찾아온 신자들과 오가는 스님들로 북적거려야 했지만 무슨 일이 있는지 고요했다. 고개를 갸웃거린 아로는 때마침 밖에 나와서 섬돌에 앉아 있던 묘덕 할머니를 보고는 한걸음에 뛰어갔다.

"할머니! 저 왔어요!"

아로의 목소리를 듣고 고개를 든 묘덕 할머니의 얼굴은 눈물로 얼룩져 있었다. 아로가 놀라며 물었다.

"무, 무슨 일 있어요?"

"그게 말이다."

묘덕 할머니는 치맛자락을 움켜쥔 채 깜짝 놀랄 얘기를 했다.

"경한 스님이 쓰러지셨단다."

6

위
기

경한 스님이 쓰러진 건 두 사람이 밀랍을 구하러 떠난 다음 날이었다고 묘덕 할머니가 말했다.

"연세가 많긴 하지만 건강한 분이셨잖아. 금당에 들어가실 때만 해도 멀쩡하게 걸어 들어가셨는데 그곳에서 쓰러져서 그대로 의식을 잃고 말았어."

두 사람은 할 말을 잊었다. 묘덕 할머니의 이야기가 이어졌다.

"동자승이 뒤늦게 발견해서 따뜻한 욱실(燠室, 온돌방)에 모시고 급히 의원을 불렀지. 그런데 의원 말이 몸이 쇠약해서 혈이 제대로 흐르지 않고 막혔다면서 금방 의식이 돌아오지 않을 수도 있다지 뭐야."

얘기를 하다가 눈물을 참지 못한 묘덕 할머니가 결국 울고 말았다. 얘기를 들은 석찬 스님은 짧게 중얼거렸다.

"맙소사."

아로에게 묘덕 할머니 옆에 있으라고 얘기한 뒤 석찬 스님은 곧장 경한 스님이 누워 있는 방으로 향했다. 아로도 뒤따라가고 싶었지만 묘덕 할머니 때문에 차마 발길이 떨어지지 않았다. 늘 온화하고 차분한 모습만 보였던 묘덕 할머니는 마치 어린애라도 된 것처럼 울고 또 울었다. 아로는 처음으로 묘덕 할머니의 등을 쓰다듬으면서 위로의 말을 건넸다.

"힘내세요, 할머니. 주지 스님은 반드시 일어나실 거예요."

"늘 강하고 단단한 분이셨단다. 그래서 이번 일이 더 예사롭지 않아 보여."

묘덕 할머니와 얘기를 나누는 사이, 석찬 스님이 돌아왔다. 그늘진 석찬 스님의 얼굴을 본 아로는 차마 경한 스님의 상태를 묻지 못했다. 크게 한숨을 쉰 석찬 스님이 아로에게 말했다.

"밀랍을 작업장에 가져다주어라. 난 할머니와 얘기를 좀 나누고 뒤따라가마."

아로는 밀랍이 든 보자기를 들고 일어났다. 작업장으로 가던 중에 뒤를 돌아보자 석찬 스님과 묘덕 할머니가 심각한 표정으로 얘기를 주고받는 게 보였다.

밀랍이 떨어져서 그런지 작업장은 텅 비어 있었다. 화덕 쪽으로 간 아로는 불구멍 앞에 쭈그리고 앉아 있는 달잠 스님을 보고 반갑게 외쳤다.

"스님!"

고개를 돌린 달잠 스님의 얼굴에는 근심이 가득했다. 아로는 옆으로 쪼르르 달려가서는 밀랍이 든 보자기를 보여 줬다.

"밀랍 가져왔어요. 많이 기다리셨죠?"

아로는 달잠 스님이 기뻐할 줄 알았는데 시무룩한 표정으로 말했다.

"지금 밀랍이 문제가 아니다."

달잠 스님 옆에 같이 쪼그려 앉은 아로가 위로의 말을 건넸다.

"주지 스님이 쓰러지셨다는 얘기는 저도 들었어요. 기운 내세요."

"그 문제가 아니다."

뜻밖의 대답을 들은 아로가 고개를 갸웃거렸다.

"그럼 또 다른 문제가 있단 말씀이에요?"

달잠 스님은 힘없이 얘기했다.

"혜천 상좌 스님이랑 몇몇 노스님들이 작업장을 없애려고 한단다."

"뭐라고요?"

놀란 아로의 반문은 등 뒤에서 들려온 굵직한 목소리에 가려졌다.

"아직도 정리하지 않고 뭘 하고 있는 게냐?"

고개를 돌린 아로의 눈에 눈썹이 허연 노스님과 다른 스님들이 보였다. 붉은색 장삼을 걸친 노스님은 경한 스님과 비슷한 나이로 보였지만 번질거리는 얼굴에는 기품과 연륜 대신 탐욕이 서려 있었다. 달잠 스님이 아로에게 혜천 상좌 스님이라고 일러 줬다. 뒷짐을 지고 성큼성큼 걸어온 혜천 상좌 스님은 작업장을 쭉 둘러보고는 호통을 쳤다.

"내 오늘까지 정리하라고 일렀거늘 어찌 손을 놓고 있는 것이냐?"

달잠 스님이 우물쭈물 대답했다.

"다들 주지 스님이 쓰러지신 것 때문에 경황이 없어서요. 주지 스님이 일어날 때까지만 말미를 주시면…….'

"쓸데없이 시간 끌 생각하지 말거라. 네가 정리하지 않을 것 같아서 내가 사람들을 데려왔다."

혜천 상좌 스님이 손짓을 하자 뒤따라온 젊은 스님들이 작업장에 밀어닥쳤다. 스님들은 탁자를 엎어 버리고, 도구들을 내동댕이쳤다. 달잠 스님은 그 광경을 보고도 아무 소리도 내지 못했다. 보다 못한 아로가 두 팔을 벌리고 그들 앞을 가로막았다.

"이게 무슨 짓입니까? 당장 멈추세요!"

혜천 상좌 스님이 눈살을 찌푸리면서 달잠 스님에게 물었다.

"이 아이는 누구냐?"

"그, 그게 묘덕 할머니가 거두는 아이입니다."

더듬거리는 달잠 스님의 대답을 들은 혜천 상좌 스님이 코웃음을 쳤다.

"거렁뱅이 따위가 감히 어디라고 나서는 게냐."

잠시 손을 멈췄던 젊은 스님들이 혜천 상좌 스님의 지시에 따라 다시 움직이기 시작했다. 아로는 작업장을 부수는 젊은 스님을 뜯어말리다가 거친 손길에 떠밀려서 나뒹굴었다. 아로는 아무것도 못 한 채 절망스러운 표정을 짓고 있는 달잠 스님의 어깨 너머로 꿈이 사라지는 것을 느꼈다. 다른 사람들과 후대를 위해 기꺼이 고통과 어려움을 감내했던 시간들이 망가지는 것이었다. 쓰러진 아로는 눈물을 참지 못했다. 작업장을 부순 젊은 스님들이 화덕 쪽으로 모였다. 화덕까지 망가지면 금속활자를 만드는 일은 끝장나는 것이다. 건장한 스님 한 명이 망치를 들고 화덕을 내리치려고 했다. 그때 석찬 스님의 우렁찬 목소리가 들렸다.

"당장 멈추지 못해!"

도끼를 든 채 나타난 석찬 스님의 모습에 작업장을 부수던 젊은 스님들은 손을 멈췄다. 망치를 들고 화덕을 부수려던 스님도 슬그머니 물러났다. 혜천 상좌 스님은 도끼를 든 채 다가오는 석찬 스님을 보고 찔끔했다. 도끼를 혜천 상좌 스님의 바로 앞에 툭 내려놓은 석찬 스님이 입을 열었다.

"주지 스님이 쓰러지신 지 얼마나 되었다고 이리 설치십니까?"

석찬 스님의 얘기를 들은 혜천 상좌 스님은 몸을 부들부들 떨면서 대꾸했다.

"설, 설치다니? 작업장을 없애자는 건 흥덕사 스님들의 일치된 뜻이니라."

"그러면 마땅히 종회를 열어서 모든 스님들의 의견을 듣고 결정하셨어야지요. 일을 이렇게 벌이면 주지 자리를 손에 넣을 수 있을 거라고 보십니까?"

석찬 스님의 얘기를 들은 혜천 상좌 스님이 작업장을 가리키면서 역정을 냈다.

"무, 무엄하다. 내가 주지 자리를 차지하기 위해 이러는 줄 아느냐!"

"그럼 무엇 때문입니까?"

"무엇 때문이라니? 주지 스님이 금속활자로 《직지심체요절》을 찍는답시고 몇 년 동안 낭비한 물력이 적지 않느니라. 흥덕사의 주지라면 마땅히 흥덕사를 위해 일해야 하지 않겠느냐?"

혜천 상좌 스님의 말에 석찬 스님이 바로 반박했다.

"금속활자로 《직지심체요절》을 찍는 일이 어찌 낭비란 말입니까? 우리 사찰과 불자들을 위한 길입니다."

혜천 상좌 스님이 코웃음을 쳤다.

"그렇게 하면 홍덕사를 찾아오는 신자 숫자가 늘어나느냐? 아니면 시주가 많아지느냐? 정 그렇게 책을 찍고 싶으면 앞서 하던 대로 목판으로 찍으라고 내가 누차 얘기를 하였다. 그래도 끝끝내 고집을 부린 것은 주지 스님이었다."

도끼를 움켜쥔 석찬 스님이 단호하게 말했다.

"어찌 되었든 주지 스님이 허락하신 일이니 직접 그만하겠다고 말씀하시기 전까지는 절대 멈출 수 없습니다. 당장 돌아가십시오."

잠깐 동안의 대치가 이어졌다. 벌떡 일어난 아로는 석찬 스님 옆에 섰다. 기침을 삼킨 혜천 상좌 스님이 말했다.

"오냐. 내일 종회를 열어서 이 문제를 결판내겠다. 다들 내 뜻을 따를 것이니 쓸데없는 희망은 버리는 게 좋을 게다."

으름장을 놓은 혜천 상좌 스님이 돌아서자 함께 온 젊은 스님들도 뒤따라 작업장을 빠져나갔다. 겨우 한숨을 돌린 석찬 스님이 부서진 작업장을 둘러보며 한마디 했다.

"목숨을 걸고 밀랍을 구해 왔더니 이게 무슨 꼴이람?"

달잠 스님이 걱정스러운 얼굴로 입을 열었다.

"이제 어떡합니까?"

바닥에 나뒹구는 도구를 집어 든 석찬 스님이 대답했다.

"어찌하긴, 내일 종회 때 잘 설득해 봐야지."

"혜천 상좌 스님이 저렇게 기세등등한 걸 보면 종회가 열려도 우리 편을 들어줄 스님이 없을 것 같습니다."

"일단 부딪쳐 봐야 하지 않겠나? 아로야, 일단 작업장 정리부터 하자."

석찬 스님과 달잠 스님, 아로는 해가 떨어질 때까지 부서진 작업장을 고치고 도구들을 정리했다.

홍덕사로 돌아온 세 사람이 묘덕 할머니가 있는 부엌으로 가자 밥 짓는 냄새가 풍겨 왔다. 머리에 수건을 두른 묘덕 할머니는 아궁이 앞에 앉아서 불을 보고 있었다. 발자국 소리를 듣고 고개를 든 묘덕 할머니가 빙그레 웃으며 방으로 들어가라고 손짓했다. 할머니는 잠시 후, 나물을 무친 바가지를 들고 왔다.

"차린 건 없지만 맛있게들 먹어."

세 사람은 약속이나 한 듯 나무로 만든 수저를 집어 들었다. 그리고 할머니가 차려 준 음식을 먹어 치웠다. 밥을 깨끗이 비운 달잠 스님이 두 사람에게 그동안 있었던 일을 간략하게 들려줬다. 사람 좋은 달잠 스님은 며칠 동안 마음고생이 심했는지 얼굴이 부쩍 어두워 보였다.

"경한 스님이 쓰러지고 일어날 기미가 보이지 않으니까 혜천 스님이 바로 움직였습니다. 동료 상좌 스님들을 차례차례 포섭하고 그다음에는 밑에 스님들을 자기편으로 끌어들인 거죠. 그렇게 하루쯤 지나니까 다들 혜천 상좌 스님 편이 되어 버린 겁니다."

얘기를 들은 석찬 스님이 어두운 표정으로 말했다.

"엄청 빨리 움직였군."

"그렇습니다. 평소에 경한 스님이랑 우리한테 불만이 많았잖습니까? 암암리에 동조 세력들을 모았다가 기회를 노린 거죠."

"전부 다 넘어간 거야?"

석찬 스님의 물음에 달잠 스님이 고개를 끄덕거렸다.

"워낙 기세가 등등해서 다들 입을 다물거나 몸을 사리고 있습니다. 작업장을 없애라고 했을 때도 아무도 나서서 말리지 못했고요."

"젠장, 큰일이군."

두 사람의 얘기를 듣던 아로가 끼어들었다.

"그런데 혜천 상좌 스님이라는 분은 왜 작업장을 없애려고 하나요?"

달잠 스님이 설명해 줬다.

"원래 혜천 스님은 흥덕사에서 오랫동안 지내셨어. 지난번 주지 스님이 돌아가셨을 때 당연히 자기가 주지가 될 줄 알았지. 그런데 덕이 부족하고 욕심이 많은 분이라 다른 상좌 스님들이 취암사에 계시던 스승님을 모셔 온 거지."

"그때부터 원한을 품었던 거군요."

아로의 얘기에 달잠 스님이 한숨을 쉬면서 고개를 끄덕거렸다.

"그렇지. 스승님을 모셔 온 상좌 스님이 입적하시고 자기 사람들이 늘어나니까 다시 주지 자리가 탐이 난 거지. 때마침 스승님이 금속활자 만드는 일에 물력을 쏟는 걸 싫어하는 스님들이 점점 늘어나고 있는 참이고 말이야."

비로소 돌아가는 상황을 알게 된 아로가 고개를 절레절레 저었다.

"그럼 이제 어떻게 되는 거예요?"

잠자코 있던 석찬 스님이 대답했다.

"내일 종회에서 잘 설득해 봐야지."

달잠 스님이 조심스럽게 물었다.

"만약 종회에서도 금속활자 만드는 일을 그만두라는 결정이 내려지면 어떡합니까?"

"어떡하긴, 우리끼리라도 만들어야지. 잘될 거니까 너무 염려 마."

석찬 스님이 큰소리를 쳤지만 아로는 그 말 사이에 숨어 있는 불안함을 어렵지 않게 느꼈다. 저녁 식사가 끝나고 두 스님은 처소로 돌아갔다. 아로는 한참 설거지를 하고 있는 묘덕 할머니와 도와주러 온 옥진을 보러 부엌으로 갔다.

"제가 도와드릴 일 없어요?"

묘덕 할머니가 손사래를 쳤다.

"아이고, 도와줄 일 없으니 얼른 네 방에 가서 쉬어."

"그래도요."

아로는 뭐라도 돕고 싶은 마음에 얘기했지만 그럴수록 묘덕 할머니는 펄쩍 뛰었다.

"그러지 말고 얼른 가라니까. 다 큰 사내가 부엌에 드나들면 불알 떨어진다."

그 얘기를 들은 아로는 얼굴이 벌게졌다. 옆에서 그릇을 정리하던 옥진의 얼굴도 붉어졌다. 등을 떠밀린 아로는 밖에서 기다렸다. 그러는 사이 밤하늘에는 별이 떠올랐고, 달 주변으로 구름이 지나갔다. 설거지를 끝냈는지 옥진이 부엌문을 열고 나왔다. 얼굴을 마주치기 난감했던 아로는 얼른 딴청을 피웠다. 발끝으로 애꿎은 돌부리를 툭툭 걸어차는데 뒤따라 나온 묘덕 할머니가 아로를 불렀다.

"옥진이 집에 보낼 곡식이 있는데 가져다주고 오너라."

옥진이 펄쩍 뛰었다.

"아니에요. 저 혼자 가져가도 돼요."

곡식이 든 자루는 한눈에 봐도 무거워 보였다. 아로는 낑낑대면서 혼자 들려고 애쓰던 옥진에게 다가가서는 자루를 냉큼 집어 들었다. 하지만 보기보다 무거웠던 탓에 휘청거리다가 그대로 엉덩방아를 찧고 말았다. 그 모습을 본 옥진이 손으로 입을 가리고 웃었다. 자존심이 상한 아로는 아무렇지 않은 척 벌떡 일어나서 자루를 어깨에 짊어졌다. 다시 다리가 휘청거렸지만 버텼다. 배꼽이 빠져라 웃어 대던 옥진은 묘덕 할머니에게 등을 떠밀렸다. 겨우 웃음을 참은 옥진이 앞장선 가운데 아로는 이를 악물고 발걸음을 떼었다.

홍덕사를 나선 옥진은 큰길을 따라 곧장 걸었다. 아로도 휘청거리는 두 발을 간신히 움직이며 뒤를 따라갔다. 아로와 발걸음을 맞추기 위해 옥진은 걷는 속도를 늦췄다.

"할머니가 그러시던데 벌에 엄청 쏘였다면서?"

바닥을 내려다보면서 걷던 아로가 목소리를 쥐어짜 냈다.

"나보다 석찬 스님이 훨씬 많이 쏘였어."

"정말 높은 바위에 올라가서 벌집을 뜯어낸 거야?"

"나 말고 석찬 스님이 올라가셨어. 난 밑에서 보고 있었고."

옥진이 고개를 끄덕거렸다.

"너랑 석찬 스님이 밀랍을 구하러 갔다는 얘기를 듣고는 주지 스님이 많이 걱정하셨어."

"말리실 것 같아서 그냥 떠난 거야."

아로는 차마 누워 있는 경한 스님을 보러 갈 용기가 나지 않았다. 그랬다가는 자신이 무슨 목적으로 이곳에 왔고, 무엇을 해야 하는지에 대해서 하나도 남김없이 얘기할 것 같았다. 아로가 아랫입술을 질끈 깨물고 눈물을 참는 사이 옥진이 그를 바라봤다.

"네가 석찬 스님한테 밀랍을 구하러 가자고 했다면서?"

"그게 없으면 금속활자를 못 만들잖아."

옥진이 감탄스러운 눈길로 쳐다봤다.

"넌 처음부터 금속활자를 만들지 않았잖아. 옆에서 도운 것뿐인데 그런 생각을 하다니 정말 대단해."

사실은 이번 여행을 통해서 같은 꿈을 꾸게 되었다고 아로는 속으로 중얼거렸다. 타인과 후대를 위해 기꺼이 희생하고 인내하는 모습들을 보면서 그들 옆에 같이 서고 싶었다고 옥진에게 말하고 싶었다. 활자를 만들기 위한 모든 과정을 배웠지만 무엇보다 그 어디에도 없던 따뜻함과 배려를 가슴 깊이 느꼈다.

7

종회가
열리다

종회는 점심 무렵 강당에서 열렸다. 새벽 법회를 마치고 잠깐 쉰 스님들이 속속 모여들면서 넓은 강당은 순식간에 스님들로 가득 찼다. 미리 자리를 잡고 앉아 있던 혜천 스님을 비롯한 상좌 스님들은 서로 눈짓을 주고받으면서 느긋한 표정을 지었다. 종회에서 발언할 자격이 없는 아로는 그저 지켜볼 수밖에 없었다. 중요한 일이라 그런지 홍덕사의 스님들은 거의 빠짐없이 참석했다. 강당 밖에는 아로를 비롯해서 절에서 일하는 공양주들과 동자승들이 구름처럼 몰려와서 안쪽을 훔쳐봤다.

좌중을 살펴본 혜천 상좌 스님이 자리에서 일어났다. 그러자 웅성거리던 스님들이 일제히 입을 다물고 눈길을 모았다. 강당 안의 시선들이 모두 모이자 혜천 상좌 스님은 크게 헛기침을 하며 입을 열었다.

"다들 아시다시피 주지 스님이신 경한 스님께서 금당에서 예불을 드리다 쓰러지신 지 나흘이 되었습니다. 본래 우리 흥덕사는 수행을 하는 스님만 100여 명이 넘는, 청주에서 가장 큰 사찰입니다. 따라서 막중한 주지의 자리를 하루도 비워 둘 수 없으니 새로운 주지를 뽑는 게 마땅하다는 생각에 종회를 열게 되었습니다."

잠시 뜸을 들인 혜천 상좌 스님이 좌중을 둘러봤다. 틀린 얘기는 아니었기 때문에 강당 안의 스님들이 대부분 고개를 끄덕거렸다. 분위기가 어느 정도 무르익자 혜천 상좌 스님이 다시 입을 열었다.

"종회에서는 모두 마음껏 얘기를 할 수 있으니 각자 하고 싶은 말씀을 하십시오."

그 얘기가 끝나자마자 상좌 스님들은 오랫동안 흥덕사에서 지낸 혜천 상좌 스님이 마땅히 주지가 되어야 한다고 입을 모았다. 그러면서 자연스럽게 경한 스님의 뒤를 이을 흥덕사 주지로 혜천 상좌 스님이 결정되었다. 처음에는 손사래를 치면서 거절하는 모양새를 보이던 혜천 상좌 스님은 못 이기는 척 주지 자리에 오를 것을 승낙했다. 문제는 이제부터였다.

"그렇다면 여러 스님들의 뜻에 따라서 일단 주지의 책임을 맡도록 하겠습니다. 모두 맡은 바 소임에 충실해 주시고 더욱더 수련을 쌓아서 깨달음을 얻도록 합시다. 나무아미타불 관세

음보살."

합장을 한 채 허리를 굽혀 고마움을 표한 혜천 상좌 스님이 곧바로 말을 이었다.

"흥덕사의 주지로서 가장 먼저 쓸데없는 일을 줄이고 사찰 본연의 임무에 충실히 하는 데 힘쓰고자 합니다. 따라서 운천산에 있는 금속활자 작업장의 문을 닫겠습니다."

조용히 듣고 있던 석찬 스님이 자리를 박차고 일어났다.

"말도 안 됩니다!"

혜천 상좌 스님은 마치 못 들은 것처럼 말을 이어갔다.

"모두들 아시다시피 우리가 경한 스님을 주지로 모셔 온 건 우리 흥덕사가 더 발전하길 바라는 마음에서였지 않습니까? 그런데 경한 스님은 흥덕사 일은 내팽개치고 쓸데없이 금속활자를 만드는 일에 열중했습니다. 왜 만드는지도 모를 금속활자를 위해서 수행에 힘써야 하는 스님들과 일꾼들을 데려다 썼고, 막대한 비용까지 들였지만 아직까지 책이 나왔다는 얘기는 듣지 못했습니다."

혜천 상좌 스님이 느긋하게 말을 마치자마자 일어서 있던 석찬 스님이 나섰다.

"안 됩니다. 금속활자는 경한 스님께서 일생의 업으로 생각하고 추진하신 겁니다. 애초에 이곳에 주지로 오실 때도 첫 번째로 내건 조건이 금속활자를 만드는 것이었습니다. 그런데 경한 스님이 쓰러진 지 얼마나 되었다고 손바닥 뒤집듯이 약속을 어기시는 겁니까?"

석찬 스님은 억울하다는 표정으로 좌중을 둘러봤다. 하지만 강당 안에 모인 스님들의 반응은 싸늘했다. 석찬 스님이 호응을 얻지 못하자 혜천 상좌 스님이 나섰다.

"물론 약속한 것은 사실이네. 하지만 지금껏 아무런 성과도 내지 못하고 있지 않은가? 우리가 언제까지 도울 수는 없는 노릇이야."

얘기를 들은 석찬 스님이 바로 반박했다.

"금속활자는 처음 시도하는 겁니다. 당연히 시행착오가 있을 수밖에 없지 않습니까?"

혜천 상좌 스님이 고개를 저었다.

"다른 방법이 없다면 모르지만 목판활자로도 충분히 찍어 낼 수 있는 것을 굳이 금속활자를 고집하여 우리 흥덕사의 재물과 인력을 낭비하는 걸 언제까지나 지켜볼 수는 없단 말일세."

분위기가 혜천 상좌 스님 쪽으로 기울어지자 달잠 스님이 자리를 박차고 일어났다.

"이럴 수는 없습니다. 금속활자에는 주지 스님의 꿈이 담겨 있단 말입니다."

"그 꿈 때문에 우리가 희생할 수는 없네. 운천산의 작업장은 오늘로 문을 닫게. 만약 지난번처럼 행패를 부리면서 거부하면 사찰 밖으로 쫓겨날 각오를 하는 게 좋을 게야.”

문밖에서 지켜보던 아로는 석찬 스님이 주먹을 불끈 쥔 채 부들부들 떠는 것을 보았다. 옆에 있던 달잠 스님은 그런 석찬 스님의 소매를 붙잡고 진정하라는 눈빛을 던졌다. 이제 끝났다는 생각에 절로 고개가 떨어지는 순간, 길고 우렁찬 목소리가 들려왔다.

“이게 무슨 짓들입니까?”

무심코 고개를 돌린 아로는 그 목소리의 주인공이 묘덕 할머니라는 사실을 깨닫고는 깜짝 놀라고 말았다. 허름한 차림의 묘덕 할머니가 호통을 치고는 강당으로 들어서자 다들 약속이나 한 듯 고개를 숙이고 옆으로 물러났다. 묘덕 할머니는 혜천 상좌 스님에게 다가갔다.

“흥덕사를 세우고 나서 나는 한 번도 절 일에 간섭하지 않았답니다.”

“그, 그러셨지요.”

떨떠름한 표정의 혜천 상좌 스님이 대답하자 묘덕 할머니는 강당 안에 모인 스님들을 돌아봤다. 평소의 온화함은 간데없고 묘덕 할머니의 눈빛은 형형하게 빛났다. 묘덕 할머니는 강당에 선 채 스님들에게 일갈했다.

“하지만 오늘은 늙은 몸을 일으켜 나서지 않을 수 없었습니다. 주지 스님이 쓰러지신 지 며칠이나 되었다고 벌써부터 이렇게 난리랍니까?"

순식간에 분위기는 뒤집어지고 말았다. 아로는 아무리 나이가 많다지만 일개 공양주에 불과한 묘덕 할머니의 말에 스님들이 왜 저렇게 전전긍긍하는지 이해할 수 없었다. 그리고 할머니가 절을 세웠다니 도대체 무슨 소린지 알 수 없었다. 혜천 상좌 스님이 몸을 일으켰다.

"여기 있는 사람들 중에 이 절을 누가 세웠는지 모르는 사람은 없습니다. 또한 절의 일은 스님들이 결정하는 법입니다."

묘덕 할머니는 혜천 상좌 스님을 쏘아봤다. 한동안 팽팽한 기싸움이 이어지다가 묘덕 할머니가 입을 열었다.

"내가 지금 절 일에 간섭하는 것처럼 보이십니까? 단지 주지 스님의 뜻을 이어가 달라고 부탁하는 것입니다."

"종회에서 이미 작업장을 없애기로 결정했습니다."

여전히 변함이 없는 혜천 상좌 스님의 얘기에 아로는 한숨을 쉬었다. 하지만 묘덕 할머니가 전혀 물러설 기미를 보이지 않자 혜천 상좌 스님이 타협안을 내놨다.

"정 그러시다면 운천산의 작업장은 그대로 놔두겠습니다."

얘기를 들은 아로는 주먹을 불끈 쥐면서 속으로 환호했다. 헛기침을 몇 번 하면서 뜸을 들인 혜천 상좌 스님이 말을 이어갔다.

"허나 흥덕사의 스님들이나 일꾼들을 데려다가 일을 시키는 것은 금하겠습니다. 준비된 재료만 가지고 금속활자를 만드는 것은 간섭하지 않겠습니다. 대신 보살님도 앞으로는 사찰 일에 간섭하지 않겠다고 약조해 주십시오."

"그러지요."

묘덕 할머니가 강당을 빠져나가자 혜천 상좌 스님이 못마땅한 표정으로 입을 열었다.

"이것으로 종회를 마치겠소이다."

웅성거리며 모여 있던 스님들도 뿔뿔이 흩어졌다. 아로는 옥진이 묘덕 할머니를 부축하는 모습을 바라보다가 석찬 스님과 달잠 스님에게 달려갔다.

"대체 어찌 돌아가는 겁니까?"

두 스님은 서로를 바라봤다. 그러다가 달잠 스님이 헛기침을 했다.

"흥덕사는 원래 묘덕 할머니 거란다."

"그게 무슨 말이에요?"

"묘덕 할머니는 청주에서도 으뜸가는 부자였단다. 그런데 재산을 누구한테도 물려주지 않고 사찰을 지은 거지. 자신은 이 절에서 일하는 공양주가 되고 말이다."

"맙소사."

입이 딱 벌어진 아로는 할 말을 잊었다. 평범하지만 범상치 않았던 묘덕 할머니에게 그런 사연이 있을 줄이야.

"어쩐지 보통 분은 아닌 것 같았어요."

"젊은 시절에는 학문이 뛰어나고 글솜씨도 좋아서 인근에서 명성이 높았다고 하더구나. 불경도 많이 읽으셔서 웬만한 스님은 그 앞에서 입도 뻥긋 못 했다는 소문도 들었고 말이다."

"그런 분이 왜 이렇게 사시게 된 거죠?"

"듣기로는 묘덕 할머니의 남편이 천하의 망나니였다는구나. 그래서 자식만 믿고 살았는데 자식이 병이 들어 덜컥 죽는 바람에 불가에 귀의하기로 결심했다고 들었다."

묘덕 할머니의 사연을 들은 아로는 입을 다물지 못했다. 달잠 스님이 그런 아로를 보며 걱정스러운 표정으로 말했다.

"이제 사람들을 데려다 쓸 수 없고, 재료도 더 이상 공급받지 못한다는 얘긴데 걱정이네."

아로가 옆에 서 있던 석찬 스님에게 물었다.

"재료는 충분한가요?"

"밀랍은 이번에 구한 정도면 충분해. 나무야 내가 하면 되고, 쇳물에 들어갈 청동도 그럭저럭 맞출 수 있을 거야."

"그나마 다행이네요."

아로가 안도의 한숨을 내쉬자 달잠 스님이 고개를 저었다.

"그렇긴 한데 문제는 금속활자를 다 만든 이후야. 그걸 가지고 책을 찍어야 하는데 나나 석찬 스님은 거기까지는 해 본 적이 없거든. 거기다 종이도 더 구해야 하는데 낭패로구나."

오랫동안 일을 했다고는 하지만 두 스님 모두 이십 대 후반에 불과했기 때문에 이런 일을 겪자 어찌할 바를 모르는 것 같았다. 아로의 표정이 급격히 어두워지자 석찬 스님이 머리를 쓰다듬으면서 말했다.

"일단 금속활자를 다 만들고 나면 어떻게든 방법이 생길 게다."

"네."

아로가 짧게 대답하자 달잠 스님이 손바닥으로 턱을 괸 채 말했다.

"사람이 없으면 시간이 엄청 늘어나겠어."

"얼마나요?"

아로의 물음에 손가락을 접어 가면서 계산을 하던 달잠 스님이 우울한 표정으로 얘기했다.

"내년 봄까지 금속활자를 만들고 그다음에 《직지심체요절》을 찍어야 할 것 같다. 그때까지 스승님이 제발 일어나셔야 할 텐데 말이야."

"반드시 일어나실 거예요."

아로의 말에 달잠 스님이 힘없이 고개를 끄덕거렸다.

"일단 작업장에 가서 재료들을 정리해야겠다. 넌 나랑 같이 가자."

아로가 고개를 끄덕거리자 석찬 스님이 두 사람에게 말했다.

"그럼 난 일을 도와줄 스님이나 일꾼들이 있는지 찾아볼게. 일 마치고 해 떨어지면 묘덕 할머니 방에서 만나자."

"그러는 게 좋겠습니다."

아로는 달잠 스님을 따라 운천산의 작업장으로 향했다. 텅 빈 작업장에 도착한 두 사람은 남은 재료들을 모으면서 수량을 꼼꼼하게 확인했다. 저녁 무렵, 일을 마친 두 사람은 흥덕사로 내려갔다.

묘덕 할머니 방 앞 돗자리에는 옥진이 대나무 소반을 가져다 놓고 혼자 앉아 있었다. 아로와 달잠 스님이 다가가자 옥진은 대나무 소반에 덮어 놓은 보자기를 젖혔다.

"할머니가 편찮으셔서 제가 죽을 쑤었어요."

일하느라 시장했던 두 사람은 잠자코 숟가락을 들고 죽을 떠먹었다. 정신없이 죽을 먹던 아로가 물끄러미 쳐다보고 있던 옥진에게 물었다.

"넌 안 먹어?"

"아까 먹었어. 난 괜찮으니까 어서 먹어."

옥진의 얘기를 들은 아로는 다시 숟가락을 들었다. 오늘 금속활자 만드는 일이 거의 중단될 뻔했다가 겨우 희망의 불씨를 남겼다. 아버지를 찾고 싶으면 우덕 대행수가 시키는 대로 해야 하지만 지금은 일단 이들을 돕는 게 우선이다. 어떤 길을 선택해야 할지 고민하던 아로는 옥진에게 물었다.

"묘덕 할머니는 많이 안 좋으셔?"

"내내 주무시다가 좀 전에 일어나셨어. 오늘 일 때문에 기운이 많이 빠지셨나 봐. 이렇게 힘들어하시는 건 처음 봐."

잠시 후, 어둠이 깔리기 직전 석찬 스님이 모습을 드러냈다. 달잠 스님이 반갑게 맞이하면서 물었다.

"어찌 되었습니까?"

돗자리에 털썩 주저앉은 석찬 스님이 어이가 없다는 말투로 얘기했다.

"어떻게 도와준다는 놈이 하나도 없을까? 다들 약속이나 한 것처럼 발을 빼네. 우리 셋이서 해야겠어."

"시간이 많이 걸리겠지만 차라리 잘된 건지도 모릅니다. 재료는 그럭저럭 있으니 당분간은 걱정 없습니다."

달잠 스님의 말에 석찬 스님이 혀를 찼다.

"나는 장작을 하러 다녀야 하는데 두 사람 가지고 되겠어?"

"한두 명이라도 더 있으면 좋겠는데 어떻게든 해 봐야죠."

석찬 스님과 달잠 스님의 얘기를 듣던 아로는 옥진을 쳐다봤다. 멍한 눈으로 앉아 있던 옥진은 아로와 눈빛이 마주치자 고개를 돌렸다. 아로는 벌떡 일어나 옥진의 팔을 잡고 두 스님 앞으로 데리고 갔다.

"옥진이도 우리랑 같이 일하면 되잖아요."

옥진은 아로에게 붙잡힌 팔을 뿌리치면서 말했다.

"내가 어떻게 일을 해!"

"나한테 금속활자 만드는 일을 하고 싶다고 했잖아."

"그건……."

옥진이 제대로 대답하지 못하고 머뭇거리자 아로가 나섰다.

"나도 처음에는 너처럼 못 한다는 생각뿐이었어. 그런데 말이야. 이 일을 해야 하는 이유를 아는 순간부터 하나도 힘이 들지 않았어."

아로가 똑바로 쳐다보면서 얘기하자 옥진은 머뭇거리다가 고개를 끄덕거렸다. 곰곰이 생각하던 달잠 스님이 말했다.

"하긴, 작업장을 정리하고 도구를 가져다주는 것만 해도 큰 도움이 되긴 하겠어. 누가 시비를 걸지도 않을 테고."

석찬 스님도 동조했다.

"여자라고 일을 못 할 이유는 없지. 부처님도 여자 제자를 받아들이셨고 말이야."

두 스님이 편을 들어주자 어깨가 으쓱해진 아로는 옥진에게 말했다.

"너도 이제 우리랑 같이 일하는 거야."

옥진이 조심스럽게 얘기했다.

"정말?"

"그럼. 내일부터 작업장으로 와."

아로가 자신 있게 말하자 옥진이 상기된 표정으로 대답했다.

"알았어. 열심히 할게."

내일 할 일에 대해서 얘기를 나누던 네 사람은 이튿날 일찍 만나기로 약속하고 헤어졌다. 집으로 돌아가려던 옥진은 묘덕 할머니가 누워 있는 방을 흘끔 쳐다보고는 아로에게 말했다.

"묘덕 할머니를 잘 돌봐 드려."

아로가 고개를 끄덕거리자 옥진은 뭔가 말을 더 하려다가 입을 다물고는 돌아섰다. 홀로 남은 아로는 짚신을 벗고 방으로 들어갔다. 희미한 등잔불 아래 이불을 덮고 누워 있던 묘덕 할머니는 문이 열리는 소리에 눈을 떴다. 아로는 얼른 머리맡으로 갔다.

"그냥 누워 계세요."

"아니다. 저녁을 챙겨 줘야 하잖니?"

아로는 일어나려고 애쓰는 묘덕 할머니의 팔을 잡았다.

"옥진이가 챙겨 줬어요."

"스님들은?"

아로는 묘덕 할머니의 손을 꼭 잡았다.

"잘 드시고 처소로 돌아가셨어요. 몸은 좀 어떠세요?"

"기운을 차리려고 해도 도통 어지럽기만 하구나. 너무 오래 산 모양이다."

종회가 열리다

"무슨 말씀을요. 얼른 일어나셔야지요."

"금속활자 만드는 일은 어찌 되었니?"

아로는 잠시 고민하다가 있는 그대로 얘기하기로 했다.

"아무도 도와주지 않는다고 해서 일단 우리 세 명이랑 옥진이까지 넷이서 하기로 했어요. 다행히 재료는 준비해 놔서 큰 문제는 없고요."

"그리될 줄 알았다."

묘덕 할머니의 말에 아로는 불현듯 궁금증이 생겼다.

"그런데 왜 할머니는 금속활자 만드는 일에 그렇게 관심이 많으신 거예요?"

묘덕 할머니가 잔잔한 웃음을 지었다.

"글쎄다. 처음에는 경한 스님이 금속활자로 책을 만든다고 해서 그런가 보다 했지. 그런데 그것이 세상을 바꿀지 모른다고 하시더구나. 금속활자로 불경을 많이 찍을 수 있다면 더 많은 사람들이 부처님의 뜻을 따를 것이고, 자신을 돌아볼 수 있게 되겠지. 나처럼 말이다."

금속활자를 만들거나 그 일을 돕는 사람들은 모두 자신의 꿈을 가지고 있었다. 아로는 이들의 꿈 앞에서 아버지를 찾고 싶다는 자신의 꿈이 얼마나 초라한지 깨달았다.

다음 날, 아침 일찍 네 사람은 운천산의 작업장에 모였다. 옥진은 삼베로 만든 짧은 저고리에 통이 좁은 바지를 입고 있어서 영락없이 남자아이로 보였다. 머리 좋은 달잠 스님이 힘쓰는 일을 도맡은 석찬 스님에게 말했다.

"어젯밤에 생각해 봤는데 말입니다. 네 명이서 최대한 일을 빨리 끝내려면 공정대로 하지 말고 한꺼번에 몰아서 일을 한 다음에 다음 과정으로 넘어가는 방식이 좋을 것 같습니다."

"어떻게 한다는 얘기야?"

석찬 스님이 골치 아픈 표정으로 묻자 달잠 스님이 차근차근 설명했다.

"이제 남은 일은 금속활자를 더 만들고 그걸로《직지심체요절》을 찍는 겁니다. 네 사람이 한꺼번에 붙어서 금속활자를 만들고, 그다음에 책을 찍자는 겁니다. 원래 계획대로라면 활자를 절반쯤 만든 상태에서 책을 찍으면서 부족하거나 빠진 글씨를 활자로 만들어야 하는데 지금처럼 사람이 부족한 상태에서 그렇게 하면 시간이 더 걸릴 게 분명하거든요."

"넷이 한꺼번에 한 과정씩 마치자 이 말이군."

달잠 스님이 고개를 끄덕거렸다.

"맞습니다. 거기다 저나 스님이나 각수한테 활자를 인판틀에 끼우고 종이로 찍는 법까지는 배우지 못했잖습니까. 여유를 두고 앞의 과정을 하면서 각수가 돌아오기를 기다리는 게 좋겠습니다."

잊고 있었던 각수의 존재가 다시 언급되자 아로는 그의 정체가 몹시 궁금해졌다. 아로가 곰곰이 생각하는 사이 석찬 스님이 달잠 스님에게 다시 물었다.

"그러다 장작이 부족해지면?"

"그땐 일을 멈추고 네 명이 다 같이 나무를 하는 겁니다."

"하긴, 그러면 일이 빨리빨리 되기는 하겠네. 그럼 장작도 있고, 밀랍도 준비해 놨으니 일단 어미자 만드는 일을 시작하면 되는 건가?"

"맞습니다. 지금 있는 밀랍이면 대충 《직지심체요절》을 찍을 만큼의 어미자를 만들 수 있을 겁니다. 거푸집을 만들 흙이야 운천산에 널려 있으니까 일도 아니죠."

"일단 시작하고 나서 생각해 보세."

네 사람은 어미자를 만들고 거푸집을 입히는 일부터 시작했다. 글자를 아는 달잠 스님과 아로가 어미자를 밀랍에 새기고 파내면 석찬 스님과 옥진이 겉에 거푸집을 입혔다. 몇 번 거푸집을 뭉갠 옥진의 얼굴이 벌게졌다.

"나도 처음부터 잘한 건 아니야. 그러니까 차분하게 해."

아로의 얘기를 들은 옥진은 대답 대신 고개를 끄덕였다. 다행스럽게도 옥진은 야무지고 꼼꼼한 성격이라 금방 일을 배웠다. 그렇게 네 명이 옹기종기 모여서 일을 하는데 멀리서 묘덕 할머니의 목소리가 들려왔다.

"배고프지. 밥 먹고들 일해."

네 사람이 고개를 돌리자 머리에 광주리를 인 묘덕 할머니가 활짝 웃으며 서 있었다. 주먹밥이 든 광주리를 가운데 놓은 채 다섯 명은 둥글게 모여 앉았다. 물을 한 모금씩 나눠 마신 다음 사이좋게 주먹밥을 먹었다. 이따금 서로 얘기를 주고받으며 웃는 가운데, 달잠 스님이 묘덕 할머니에게 조심스럽게 물었다.

"스승님은 좀 어떠십니까?"

"여전하셔. 이것들이 스님이 누워 계신 방에 불을 때지 않아서 내가 호통을 쳤지. 내가 잘 돌봐 드릴 테니까 다들 염려 말고 열심히 해."

주먹밥을 씹으며 네 사람은 말없이 고개를 끄덕거렸다. 식사를 마친 네 사람은 다시 일에 열중했다. 아로는 이곳에 왜 왔는지를 잊어버린 채 일에 몰두했다.

여름이 가고 슬며시 가을도 지나갔다. 그리고 첫눈이 내렸다.

나무통을 들고 지나가던 옥진이 아로의 콧잔등에 내려앉은 눈을 닦아 주었다. 고개를 든 아로가 미소를 머금은 채 고맙다고 말하자 옥진은 살포시 웃는 것으로 대답을 대신했다.

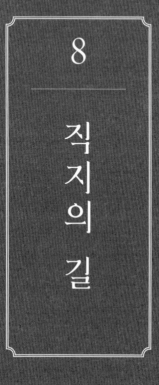

8

직
지
의

길

계속 내리는 눈 때문에 일을 멈추고 작업장의 눈을 치워야 했다. 저고리와 바지를 몇 겹씩 껴입고, 팔에 토시를 끼었다. 머리에 두건까지 동여맸지만 운천산에 몰아닥친 추위는 감당하기 어려웠다.

작업장의 지붕에 올라간 석찬 스님과 아로가 나무 삽으로 쌓인 눈을 밀어냈다. 떨어진 눈을 달잠 스님과 옥진이 광주리에 담아서 멀찍이 쏟아 버렸다. 눈을 퍼 나르던 달잠 스님이 인상을 쓰면서 허리를 폈다.

"아이고, 이러다 허리 부러지겠네."

석찬 스님이 나무 삽으로 눈을 한 뭉치 던지면서 말했다.

"쓸데도 없는 허리를 아껴서 뭘 하게? 얼른얼른 치워."

"알겠습니다. 이제 그만하시고 내려오시죠. 묘덕 할머니가 밥을 가져오실 때가 되었습니다."

"참, 할머니가 눈길에 올라오시기 힘들 테니 아로랑 옥진이가 가서 도와드려라."

"네."

나무 삽을 내려놓은 아로는 사다리를 타고 아래로 내려갔다. 그리고 옥진과 함께 흥덕사로 향했다. 아로는 입김을 호호 불어 가면서 따라오는 옥진에게 물었다.

"힘들지 않아?"

"괜찮아. 네가 더 힘들 것 같아. 밥 먹는 거랑 자는 거 빼고는 일만 하잖아."

사실이었다. 아버지와 목골을 잊기로 결심한 다음부터 아로는 무섭도록 일에 집중했다. 잊고 싶어서 그런 것이지만 지치고 피곤할수록 지나간 기억은 선명하게 살아났다.

아로는 저도 모르게 목에 건 가죽 주머니를 움켜쥐었다. 그 모습을 본 옥진이 물었다.

"그건 뭐야?"

아로는 잽싸게 가죽 주머니를 저고리 속으로 쑤셔 넣으면서 말했다.

"아무것도 아냐."

"보물이라도 들어 있는 거야? 나도 좀 보여 줘."

호기심을 감추지 않는 옥진에게 아로는 버럭 소리를 질렀다.

"아무것도 아니라고 했잖아!"

소리를 지른 다음에야 아차 싶었지만 이미 늦고 말았다. 옥진은 놀라고 무안했는지 앞서 뛰어갔다. 당황한 아로는 옥진에게 소리쳤다.

"길 미끄러워. 천천히 가!"

빙판으로 변해 버린 산길을 달리다가 넘어지기라도 하면 큰일이었다. 아로는 정신없이 뒤따라 내려갔다. 옥진이 휘청거리면서 눈 위로 넘어지고 말았다. 깜짝 놀란 아로는 뛰어가 쓰러진 옥진을 부축했다.

"괜찮아?"

옥진은 아무 대답도 하지 못했다. 넘어지면서 충격을 받은 게 아닌가 걱정하던 아로의 눈에 옥진의 시선이 한곳으로 향해 있는 게 보였다. 산길 한복판에 묘덕 할머니가 눈을 뒤집어쓴 채 누워 있었다. 그 옆에 엎어진 광주리에서 굴러떨어진 주먹밥이 눈 속에 반쯤 파묻혀 있었다. 아로와 옥진은 거의 동시에 소리쳤다.

"할머니!"

묘덕 할머니가 쓰러졌다는 소식을 들은 두 스님도 일을 멈추고 흥덕사로 내려왔다. 그러는 사이에도 눈은 그치지 않았다. 아로는 깊이 자책했다.

"나 때문이에요. 좀 더 일찍 내려갔어야 했는데⋯⋯."

굳게 닫힌 묘덕 할머니의 방문을 노려보던 석찬 스님이 대꾸했다.

"아니다. 내가 좀 더 일찍 내려가라고 얘기했어야 했어."

마침 묘덕 할머니를 살펴보던 의원이 문을 열고 밖으로 나왔다. 석찬 스님이 달려가서 물었다.

"상태는 좀 어떻습니까?"

털이 달린 두건을 쓴 의원은 짚신을 신으면서 말했다.

"빙판에 넘어지면서 머리를 심하게 다치셨네. 뒤쪽에 어혈이 생겼는데 일단 며칠간 상태를 보고 어떤 약을 쓸지 결정하겠네. 하루에 한 번씩 들를 테니까 방을 따뜻하게 하고, 내일부터 미음을 조금씩 먹이시게."

"알겠습니다."

의원이 나가자 석찬 스님은 괴로운 듯 두 손으로 머리를 감싸 안았다. 달잠 스님 역시 낙심한 표정으로 벽을 짚고 서 있었다. 그렇게까지 절망하는 모습을 보지 못했던 아로는 달잠 스님에게 다가갔다.

"스님."

"이제 다 끝난 것 같구나. 경한 스님도 아직 일어나지 못하셨는데 묘덕 할머니까지 이렇게 되셨으니 어찌할꼬."

벽에 머리를 기댄 달잠 스님이 눈을 감은 채 흐느꼈다. 문

앞에 쪼그리고 앉은 석찬 스님 역시 고개를 떨어뜨린 채 눈물을 흘렸다. 두 사람의 절망을 이해한 아로는 온몸을 부르르 떨었다. 모든 것이 와르르 무너져 내리는 느낌이었다. 혼란을 이기지 못한 아로가 달잠 스님의 소매를 붙잡고 흔들었다.

"왜 울고만 계세요? 어서 가서 금속활자를 만들어야지요."

"스승님에 이어 묘덕 할머니까지 쓰러지셨는데 혜천 스님이랑 상좌 스님들이 가만있겠느냐?"

"그렇다고 포기하실 거예요?"

달잠 스님은 울기만 할 뿐 대꾸하지 않았다. 소매를 놓은 아로는 석찬 스님에게 달려갔다.

"스님! 이럴 때일수록 기운을 내야 합니다."

"미안하다. 뭘 어떻게 해야 할지 모르겠다."

두 사람 모두 갈피를 잡지 못하고 있었다. 깊은 절망감에 아로는 눈이 쌓여 가는 마당에 털썩 주저앉았다.

잠시 후, 주지가 된 혜천 스님을 선두로 한 무리의 스님들이 모습을 드러냈다. 몇 달 사이 살이 두툼하게 오른 혜천 스님은 고개를 조아리는 달잠 스님과 석찬 스님에게 호통을 쳤다.

"이게 다 너희가 금속활자를 만든다고 난리를 친 탓이다. 나이 드신 분이 끼니를 챙겨 주신다고 무리하게 나섰다가 이런 봉변을 당했으니 어찌할 것이냐!"

두 스님을 향한 혜천 스님의 꾸지람은 끝도 없이 이어졌다.

먼발치서 얘기를 듣던 아로는 더 이상 견디지 못하고 뛰쳐나갔다. 산길을 정신없이 뛰어가는 아로의 두 눈에서 눈물이 하염없이 흘러내렸다. 아버지를 찾기 위해 이곳에 왔는데 결국 길을 잃어버리고 말았다. 달리면서 아로는 있는 힘껏 고함을 질렀다. 쉼 없이 달려 작업장 입구에 도착한 아로는 허리를 굽힌 채 숨을 몰아쉬었다.

자리를 비운 사이 한층 더 쌓여 버린 눈 때문에 작업장 지붕은 당장이라도 무너질 것처럼 위태로웠다. 화덕 쪽의 지붕이 한쪽으로 기울어져 있었다. 눈을 헤쳐 나간 아로는 사다리를 지붕에 걸쳐 놓고 나무 삽을 움켜쥐었다. 사다리를 타고 올라간 아로는 지붕의 눈을 걷어 내기 시작했다. 그러면서도 눈물은 그치지 않았다. 지붕 한쪽의 눈을 다 걷어 낸 아로는 사다리를 반대편으로 걸치고는 성큼성큼 올라갔다. 그때 눈의 무게를 견디지 못하겠다는 듯 지붕이 심하게 삐걱거리는 소리를 냈다. 아로는 마치 살아 있는 사람에게 말하듯 지붕에게 말했다.

"무거워도 좀만 참아."

자신이 얘기해 놓고도 웃긴지 아로는 키득거렸다. 그러자 언제 왔는지 모를 달잠 스님이 팔짱을 낀 채 놀렸다.

"울다가 웃었으니 이제 똥구멍에 털이 나겠구나."

"스님! 언제 오신 겁니까?

반가움에 활짝 웃는 아로를 보며 달잠 스님도 씩 웃었다.

"그놈의 주지가 어찌나 잔소리를 해 대는지 귀에 딱지가 앉겠더라."

사다리를 내려온 아로가 물었다.

"별다른 얘기는 없었어요?"

달잠 스님 뒤에 서 있던 석찬 스님이 낄낄거리면서 말했다.

"늘 같은 얘기지. 그냥 무시하기로 했다. 어차피 재료야 우리가 다 가지고 있는데 뭘 어쩌겠어. 그러니 할 일을 해야 하지 않겠니?"

"그럼요."

아로가 코를 훌쩍거리면서 대답했다. 웃는 아로를 본 석찬 스님이 말했다.

"얘기는 고만하고 얼른 눈부터 치우자."

눈을 치우느라 녹초가 된 세 사람은 경한 스님이 머물던 초가집에 들어가서 서로 꼭 끌어안은 채 잠을 청했다. 두 스님 사이에 낀 아로는 따뜻한 체온을 느끼며 깊은 잠에 빠져들었다. 밤새 내리던 눈은 새벽이 되어서야 그쳤다.

눈을 치우는 작업은 다음 날까지 이어졌다. 점심 무렵에는 옥진이 주먹밥을 챙겨서 작업장에 나타났다. 넷이 모여 앉아 배를 채우는 와중에 아로가 묘덕 할머니의 상태를 물었다. 주먹밥을 한 입 베어 문 옥진은 어두운 얼굴로 고개를 저었다.

"의원이 아까 왔다 갔는데 연세도 있고 오래 버티지 못하실 거라고 했어."

옥진이 가져온 나물 반찬을 손가락으로 집어 먹으면서 석찬
스님이 끼어들었다.

"혜천 스님 입장에서야 묘덕 할머니가 다시 일어나지 않기
를 바라겠지. 흥덕사를 이렇게 키워 놓은 장본인이니까 자신에
게 반대를 해도 대놓고 무시할 수도 없으니까 말이야."

석찬 스님의 얘기를 들은 아로가 물었다.

"묘덕 할머니가 돌아가시면 우리 일은 어떻게 될까요?"

"나도 그게 걱정이다. 어쩌겠냐. 할 수 있는 데까지 해 봐야
지."

석찬 스님이 씩 웃으면서 대답했다. 옥진이 흥덕사 소식을
더 들려줬다.

"혜천 스님이랑 상좌 스님들이 흥덕사에 원(院, 고려와 조선 시
대의 숙박 시설)을 만든다고 하던데요."

얘기를 들은 달잠 스님이 시무룩한 얼굴로 말했다.

"스승님이 수행하는 데 방해가 되니 안 된다고 하셨는데 결
국 세우는군."

"돈벌이가 잘될 테니까 그렇겠지."

석찬 스님이 퉁명스럽게 얘기하고는 밥알이 묻은 손가락을
쪽쪽 빨았다. 옥진이 광주리를 가지고 일어났다. 아로는 광주
리를 머리에 이고 돌아가는 옥진의 뒷모습을 물끄러미 바라봤

다. 그러다 달잠 스님의 헛기침 소리에 퍼뜩 정신을 차렸다.

"오늘 거푸집을 완성하면 내일부터는 화덕에 불을 지필 수 있겠다."

"그럼 본격적으로 금속활자를 만들 수 있겠네요."

아로의 얘기에 달잠 스님이 불이 꺼져 있는 화덕을 돌아봤다.

"너무 오랫동안 켜 놓지 않아서 불이 잘 일어날지 모르겠다."

해가 떨어질 때까지 거푸집을 만든 세 사람은 흥덕사로 돌아왔다. 어두운 빙판길을 걸어 내려가야 했기 때문에 세 사람은 서로의 손을 잡고 조심스럽게 움직여야 했다. 걱정이 되었는지 문밖에서 등불을 들고 기다리던 옥진이 세 사람을 맞이했다. 아로는 저고리를 털면서 물었다.

"묘덕 할머니는?"

"여전하셔."

옥진의 우울한 목소리에 두려움과 피곤함이 묻어 났다.

간단하게 손발을 씻은 아로는 묘덕 할머니 옆에 누워서 잠을 청했다. 온종일 일을 해서 힘든 탓인지 잠이 오지 않았다. 어두운 천장을 물끄러미 바라보던 아로의 귀에 묘덕 할머니의 거친 숨소리가 들려왔다. 끊어질 듯 겨우 이어지는 숨소리를 들으면서 아로는 주르륵 눈물을 흘렸다. 이불 밖으로 손을 내밀어 묘덕 할머니의 손을 꼭 잡고 울면서 말했다.

"다들 힘들지만 금속활자 만드는 일을 계속하고 있어요. 할머니랑 경한 스님이 다시 깨어나실 때 실망시키지 않으려고요. 내일부터는 화덕에 불을 지필 거예요. 세상이 뭐라고 해도 반드시 금속활자를 만들어서 그걸로 《직지심체요절》을 찍을 거예요. 그러니까 제발, 제발 눈을 뜨고 일어나세요."

아로는 주문처럼 얘기를 반복하면서 눈물을 흘리다가 잠이 들었다. 꿈속에서 묘덕 할머니가 스르륵 일어나더니 아로를 내려다보면서 불을 잘 지피라고 말했다.

먼동이 터 올 무렵 아로는 눈을 번쩍 떴다. 닭이 우는 소리 때문에 깬 것이 아니었다. 자는 내내 놓지 않았던 묘덕 할머니의 손이 너무나 차가웠기 때문이다. 아로는 일어날 생각도 하지 못한 채 꼼짝없이 누워 있었다. 그러다 겨우 몸을 일으켜서 묘덕 할머니의 얼굴을 바라봤다. 희미하게 들어온 새벽빛에 비친 할머니의 얼굴은 더없이 편안해 보였다. 아로는 주름진 묘덕 할머니의 얼굴을 내려다보면서 하염없이 통곡했다.

묘덕 할머니의 죽음이 알려지면서 흥덕사는 애도의 분위기에 빠져들었다. 염을 마친 할머니의 시신은 금당에 모셔졌고, 스님들이 빠짐없이 참석한 가운데 애도하는 법회가 열렸다. 스님뿐만 아니라 인근 마을의 신자들도 구름처럼 몰려들었다.

아로는 오층 석탑에 기댄 채 넋이 나간 얼굴로 그 광경을 지켜봤다. 법회가 한창일 때 석찬 스님과 달잠 스님을 비롯한 몇몇 스님들이 자리를 떴다. 아로는 그들을 멀찍이 따라갔다. 그들은 흥덕사 뒤편 운천산 중턱의 넓은 공터로 갔다. 공터 옆에는 커다란 바위가 우뚝 서 있었다. 미리 도착해 있던 일꾼들이 모닥불 앞에 서 있었다.

아로가 뒤따라온 것을 본 석찬 스님이 손짓으로 불렀다. 아로가 다가가자 석찬 스님이 모닥불을 바라보면서 말했다.

"여기서 묘덕 할머니의 다비장을 치를 거다. 저기 저 바위 보이지? 말처럼 생겼다고 말바위라고 부른다. 지금은 땅이 얼어서 모닥불로 녹이는 중이다."

"저도 돕고 싶어요."

석찬 스님이 말없이 쇠 날이 끼워진 삽을 아로에게 건넸다. 모닥불이 꺼지고 땅을 파기 시작했다. 아랫입술을 깨물고 땅을 파던 아로는 결국 그 자리에 주저앉아 울고 말았다. 석찬 스님은 아로를 조심스럽게 위로했다.

"힘든 거 안다. 하지만 이런 때일수록 서로 위로해 가면서 이 위기를 넘겨야 한다. 묘덕 할머니가 바라는 것도 바로 그것일 게다. 무슨 뜻인지 알겠지?"

아로가 고개를 끄덕거리자 석찬 스님이 삽을 다시 쥐어 주면서 말했다.

"그럼 다시 일을 하자꾸나."

눈물을 삼킨 아로는 힘껏 땅을 팠다.

다음 날, 묘덕 할머니의 다비장이 치러졌다. 수많은 만장(輓章, 죽은 사람을 애도하는 글귀를 적은 종이나 비단으로 만든 깃발)과 애도하는 신자들이 묘덕 할머니의 상여를 뒤따랐다. 묘덕 할머니의 시신이 든 나무관은 다비대 위에 올려졌다. 주변에 크고 작은 소나무 장작들이 쌓였고, 소나무 가지들이 덮였다. 불이 들어간다는 외침과 함께 횃불이 던져졌다. 소나무 가지들을 태운 연기가 오랫동안 공터에 머물렀다. 다비가 진행되는 동안 흥덕사 스님들의 염불은 멈추지 않았다. 다른 한쪽에서는 만장과 묘덕 할머니의 옷가지를 태우기 위해 모닥불을 피웠다. 묘덕 할머니의 옷가지를 챙겨 들고 온 옥진이 불 속에 던져 넣고는 그 자리에 푹 주저앉았다. 아로가 다가가자 옥진이 떨리는 목소리로 말했다.

"옷이 너무 없어. 방 안을 다 뒤져 봤는데도 이것들뿐이야."

아로는 울고 있는 옥진을 토닥거렸다. 그러는 사이 불길은 점점 거세졌다. 신자들이 합장을 하면서 다비 주변을 돌았다.

작업장으로 돌아온 세 사람은 화덕에 불을 지폈다. 아로와 석찬 스님은 화덕 위에 거푸집들을 올려놨다. 거푸집 안의 밀랍이 충분히 녹을 때까지 기다리는 동안 달잠 스님이 아로를 데리고 경한 스님이 머물던 초가집으로 들어갔다. 대나무로 만든 선반 맨 아래에 있는 커다란 나무 상자를 꺼냈다. 옻칠이 된 나무 상자를 들고 밖으로 나온 달잠 스님은, 작업장의 탁자 위에 올려놓고 조심스럽게 뚜껑을 열었다. 상자 안에는 그동안 만든 금속활자 말고도 처음 본 것들이 가득 있었다.

"이게 다 뭔가요?"

달잠 스님이 하나씩 꺼내면서 설명을 했다.

"이건 제일 바닥에 깔아 놓는 철판이고, 이건 금속활자를 배열할 때 쓰는 인판틀이라는 거다. 여기 주변에 둘러친 선은 광곽(匡郭)이고, 그 안에 칸칸이 처진 선은 계선(界線)이라고 부른다. 이 계선 안에 금속활자를 끼워 넣고 그 위에 먹물을 바르고 종이를 찍는단다."

처음 본 인판틀을 꼼꼼하게 살펴보던 아로가 물었다.

"계선 안에 금속활자를 넣고 어떤 식으로 고정시키나요?"

달잠 스님이 뒤통수를 긁으면서 자신 없는 목소리로 대답했다.

"일단 바닥에 녹인 밀랍을 붓고 그 위에 금속활자를 끼워 넣으면 된다고 하더라. 취암사에 있을 때 각수가 몇 번 하는 걸 어깨 너머로 본 게 전부란다. 지난번에 얘기한 것처럼 사실 금속활자를 만드는 것보다 복잡하고 어려운 게 종이에 찍어 내는 과정이라고 하더라."

"그럴 것 같네요."

아로가 맞장구를 치자 철판 위에 인판틀을 내려놓은 달잠 스님이 얘기를 이어 갔다.

"내가 듣기로는 금속활자로 책을 찍기 위해서는 우선 활자 보관을 맡은 수장(守藏)이랑 인판틀에 끼울 글씨를 불러 주는 택자장(擇字匠)이 있어야 한단다. 수장이랑 택자장이 인판틀에 들어갈 활자를 골라서 끼워 주면 균자장(均字匠)이 잘 찍어 낼 수 있게 금속활자의 높이를 일정하게 맞추는 일을 한단다. 마지막으로 인출장(印出匠)이 그렇게 완성된 인판틀에 먹물을 바르고 종이로 찍어 내는 거지. 생각보다 쉬운 일이 아니라고 각수가 겁을 줬는데 틀린 말이 아니지."

한숨을 푹 내쉰 달잠 스님의 얘기에 아로는 인판틀을 들여다봤다. 그에게도 낯설고 버거운 부분이 될 것이 틀림없었기 때문이다. 그러다 문득 이상한 점을 발견했다.

"그런데 인판틀이 두 개네요?"

"맞아. 한쪽 인판틀로 찍어 낼 동안 다른 인판틀에 금속활자를 끼워 넣기 위해서야. 그렇게 하면 찍는 속도를 빨리 할 수 있다고 각수가 얘기했어."

아로가 인판틀을 주의 깊게 살피면서 달잠 스님에게 물었다.

"각수가 돌아오지 않으면 우리끼리 찍어야겠죠?"

달잠 스님이 어두운 표정으로 고개를 끄덕거렸다.

"아무래도 그래야 할 것 같다. 스승님도 저러고 계시고, 여유롭게 각수를 기다릴 형편이 아니잖니."

"그런데 왜 벌써 꺼내셨어요?"

아로의 물음에 달잠 스님이 철판 위에 인판틀을 내려놓으면서 대답했다.

"아무래도 불안해서 말이야. 여기서부터는 보기만 했지 직접 해 보지는 않았으니."

"종이는요?"

아로가 주변을 두리번거리면서 묻자 달잠 스님이 무릎을 쳤다.

"아이고, 그걸 빼먹었네. 잠깐만 기다려라."

초가집으로 들어간 달잠 스님이 다른 나무 상자 하나를 가져왔다. 상자 안에는 목판활자로 찍은 《직지심체요절》 한 권과 둘둘 말린 종이 뭉치가 있었다. 여인의 하얀 섬섬옥수를 닮아서 백면지(白綿紙)라고 부르는 종이였다. 보통 불경을 찍을 때 쓰는 황지(黃紙)나 감지(紺紙)가 아니라 너무 얇고 매끄러워서 작업이 쉽지 않을 것 같았다.

한숨을 쉰 아로는 목골에서 배운 대로 백면지를 쫙 펼친 다음 차분하게 종이를 살폈다. 오랫동안 나무 상자에 넣어 놓은 탓인지 조금 눅눅했지만 종이가 워낙 좋아 큰 문제는 없어 보였다. 탁자 위에 백면지를 펼쳐 놓은 다음 한 장씩 떼어 냈다. 걸음마를 떼고부터 목판 일을 배운 아로에게는 눈을 감고도 할 수 있는 익숙한 일이었다. 당장 쓸 수 있을 정도로 상태가 좋은 종이를 골라내던 아로는 뒤늦게 아차 싶었다. 고개를 돌리자 두 스님이 의아한 눈길로 바라보고 있었다. 팔짱을 끼고 바라보던 석찬 스님이 말했다.

"종이를 제법 다뤄 본 솜씨구나."

"그, 그게."

당황한 아로가 쭈뼛거리자 석찬 스님이 팔짱을 풀면서 말했다.

"처음부터 이상하다 싶었다."

힘들게 숨겨 온 정체가 이렇게 들통 나는 것이 허무해진 아로는 고개를 떨어뜨렸다. 가까이 다가온 석찬 스님이 아로를 와락 끌어안았다.

"너, 각수의 아들 맞지?"

"예?"

뜻밖의 얘기에 놀란 아로가 고개를 들자 석찬 스님의 뒤에 서 있던 달잠 스님이 눈물을 글썽거리는 게 보였다.

"그 각수가 말이다. 떠나기 전에 그랬단다. 자기가 혹시 돌아오지 못하면 아들이라도 보내겠다고. 아들이 열다섯쯤 먹었다고 했으니까 딱 네 나이잖아."

아로가 제대로 대꾸하지 못하는 사이 석찬 스님은 자신이 한 말을 사실이라고 믿어 버렸다. 단순한 성격의 석찬 스님은 물론 머리가 좋은 달잠 스님까지 믿는 눈치였다. 눈가에 맺힌 눈물을 닦은 달잠 스님이 한숨을 내쉬었다.

"네가 처음 왔을 때부터 어렴풋이 짐작하고 있었지. 각수가 떠나면서 우리한테 자기가 돌아올 때까지 일을 제대로 익혀 놓으라고 엄포를 놓았지. 나한테도 자기가 못 오면 아들을 대신 보내겠다고 했단다. 또한 목골로 간다고 했으니……."

"저……."

아로가 미처 대답하기 전에 달잠 스님이 말을 이었다.

"이해한다. 다 사정이 있어서 그랬겠지. 아무튼 와 줘서 고맙다."

그렇게 아로는 홀연히 사라져 버린 정체불명의 각수 아들이 되어 버렸다. 어이가 없었지만 생각해 보니 그렇게 받아들여지는 것도 나쁘지는 않을 것 같았다. 아로는 겸연쩍은 얼굴로 석찬 스님에게 말했다.

"처음에 말씀 드리지 못해 죄송해요."

"아니다. 그럴 수도 있지. 아버지는 언제 돌아오시니?"

대답이 궁색해진 아로가 눈을 껌뻑거리자 석찬 스님이 호탕하게 웃었다.

"사정이 있겠지. 일하다 보면 돌아오실 테니까 따로 묻지는 않으마."

두 스님이 그렇게 넘어가자 아로는 겨우 한숨을 돌렸다. 달잠 스님이 물었다.

"혹시 말이다. 전에 목골에서 인쇄를 해 본 적이 있니?"

침을 꿀꺽 삼킨 아로는 고개를 저었다.

"저도 옆에서 보기만 했어요."

아로의 대답을 들은 달잠 스님이 인판틀을 내려다보면서 얘기했다.

"그럼 같이 해 보자꾸나. 뭐든 직접 해야지 느니까 말이다."

"네. 어느 것부터 찍을 생각이세요?"

아로의 물음에 달잠 스님이 곰곰이 생각하다가《직지심체요절》을 펼쳤다.

"스승님이 원본에다 유일하게 따로 추가하신 게 신라 시대의 고승 대령 선사의 법어(法語, 고승들의 가르침을 간결하게 적은 시문)였단다. 그걸 먼저 찍어 보는 건 어떻겠니?"

"좋아요."

아로가 고개를 끄덕이자 달잠 스님이 펼쳐진《직지심체요절》을 건넸다. 그러고는 철판 위에 인판틀을 올려놓으면서 말했다.

"네가 글자를 불러 주면 내가 활자를 고르마. 그리고 석찬 스님이 그걸 인판틀에 끼워 넣는 일을 하시면 어떻습니까?"

장난스럽게 소매를 걷어 올리며 석찬 스님이 대답했다.

"이것들이 나한테 제일 힘든 일을 시켜?"

오랜만에 크게 웃은 세 사람은 탁자에 둥글게 둘러서서 각자 맡은 일을 했다. 아로는 큰 소리로 대령 선사 법어를 읽었다.

신라의 대령 선사에게 어떤 스님이 물었다.
"무엇이 일체처가 청정한 것입니까?"
대령 신사가 답하였다.
"옥을 자르면 마디마디가 모두 보배요, 전단향을 쪼개면 그 조각조각이 모두 향이니라."
또한 게송으로도 답하셨다.
"하늘과 땅이 모두 황금이요, 온 세상이 전부 청정하고 미묘한 몸이로다."

아로가 한 글자씩 불러 주면 달잠 스님이 그 글씨가 새겨진 금속활자를 찾아서 석찬 스님에게 건넸다. 달잠 스님이 아로에게 물었다.
"무슨 뜻인지 알겠니?"
아로는 고개를 갸웃거렸다.
"읽긴 했는데 정확하게 무슨 뜻인지는 모르겠어요."
달잠 스님이 설명해 줬다.
"일체처가 청정하다는 것은 번뇌가 없는 이상향을 뜻한단다. 극락이나 대적광토(大寂光土) 같은 세상 말이다. 어떤 스님이 대령 선사에게 물은 것은 그런 곳을 찾아가는 방법, 즉 해탈하는 방법을 물은 것이지."

"그런데 대령 선사의 말씀이 과연 답이 되는 건가요?"

"반드시 정답을 얘기해 줄 필요는 없단다. 왜냐하면 묻는 사람이 애초에 잘못 물을 수도 있기 때문이지. 대령 선사는 해탈을 하기 위해서는 이상향을 찾아가는 것이 아니라 스스로 깨끗해져야 한다고 말씀하신 것이지. 무엇을 하기 위해서는 어디로 가야 하거나 특별한 준비를 해야 하는 것이 아니라 나 스스로 마음을 먹고 깨달으면 된다는 뜻이란다. 아울러 스님이 알아듣지 못할까 봐 따로 게송까지 덧붙이신 거고 말이다."

"무슨 뜻인지 알겠어요."

아로가 대답하자 달잠 스님이 빙그레 웃었다.

"스승님이 좋아하는 법어란다. 그래서 《직지심체요절》을 찍기로 했을 때 반드시 넣겠다고 하신 거지."

"둘 다 고만 떠들고 나 좀 도와주지."

인판틀 앞에서 쩔쩔매고 있던 석찬 스님의 한마디에 두 사람은 얘기를 멈췄다. 인판틀 바닥에 밀랍을 바르고 그 위에 금속 활자를 올려놔서 어느 정도 높이를 맞추기는 했지만 여전히 차이가 났다. 아로가 달잠 스님에게 물었다.

"어떡해야 하죠?"

"네 아버지 얘기로는 인판틀을 화덕에 올려 밑에 깔린 밀랍을 녹인 다음에 위쪽을 살살 눌러서 높이를 조절하라고 했어."

"밀랍이 녹은 상태에서 힘을 줘 높이를 고르게 맞추라는 얘기네요."

아로가 눈치 빠르게 알아듣자 달잠 스님은 나무 상자 안에 들어 있던 또 다른 철판을 꺼냈다.

"그걸 평판 작업이라고 알려 줬는데, 위에 이걸 올려놓으라고 했어."

세 사람은 금속활자가 계선 사이에 배열된 인판틀을 화덕 위에 올려놨다. 그리고 철판으로 인판틀 위를 덮었다. 밀랍이 녹으면서 묵직한 철판이 올록볼록하게 나온 금속활자들을 천천히 눌렀다. 석찬 스님이 허리를 굽혀서 손잡이가 짧은 나무 망치로 철판 위를 살살 두드린 뒤 높이를 살펴보고는 달잠 스님에게 말했다.

"대충 맞는 것 같아."

"그럼 어서 찍어 보시지요."

서두르던 세 사람은 활자에 칠할 먹물을 준비하지 않은 것을 깨닫고는 서로를 바라보면서 웃었다. 달잠 스님이 아로에게 말했다.

"초가집에 스승님이 쓰시던 벼루와 먹이 있을 게다."

"금방 갖고 나올게요."

아로는 한걸음에 벼루와 먹, 붓을 챙겨왔다. 먹은 목골에서 주로 쓰던 송연묵(松煙墨)이 아니라 유연묵(油烟墨)이었다. 소나무의 관솔 부분을 태워서 난 그을음으로 만든 송연묵은 나무에 적당히 스며들기 때문에 목판인쇄를 할 때 썼다. 하지만 금속활자를 찍을 때는 유동이나 유채 기름으로 만들어서 기름기가 있는 유연묵을 썼다.

아로는 벼루를 탁자 위에 놓고 물을 살짝 부은 다음 먹을 갈았다. 그러는 사이 두 스님은 인판틀의 계선 사이에 배열된 금속활자들을 똑바로 정렬시켰다.

"거기에 나무토막을 좀 끼워 봐."

"여긴 종이를 좀 받쳐야 할 것 같네요."

부지런히 먹을 가는 동안 아로는 졸지에 자신의 아버지가 되어 버린 각수의 정체가 궁금해졌다. 목골 출신인 건 맞는 것 같고, 생각해 보면 얼추 아버지가 목골을 떠났던 시기 이후에 취암사에 나타났으니 그것도 들어맞았다. 아버지가 가족을 남긴 채 떠나야 했고, 어머니를 포함해 마을 사람들 모두 그 사실을 함구해야만 했던 이유가 금속활자 때문이었다면 이해가 되었다. 목판활자와 그걸로 책을 찍어 먹고사는 목골 사람들에게 금속활자에 대해서 언급하거나 생각하는 건 반역을 저지르는 일이나 다름없었다. 아로는 아버지가 마치 죄인처럼 목골을 떠나야 했고, 어머니조차 함구해야 했다면 그건 필시 금속활자를 만드는 것을 시도했거나 관여했던 것이 틀림없다고 생각했다.

생각에 잠긴 아로의 귀에 달잠 스님의 목소리가 들려왔다.

"먹 다 갈았으면 이제 시작하자. 해가 금방 떨어질 것 같아."

"네."

아로의 눈에 계선 사이에 배열된 금속활자를 정렬하기 위해 중간중간 나무토막과 종이 뭉치를 끼워 넣은 것이 보였다. 판목에 새겨진 것이 아니라 활자가 따로따로 떨어져 있기 때문에 찍다가 흔들릴 수 있다. 그래서 단단하게 고정시키는 게 중요하기 때문이라고 아로는 생각했다. 아로는 유연묵을 갈아서 만든 먹물에 붓을 담갔다. 붓을 천천히 뺀 다음 인판틀의 계선 사이에 배열된 금속활자 위에 먹물을 칠했다. 목판활자를 인쇄할 때에도 먹물은 되도록 빨리 발라야 한다고 들었기 때문에 아로는 잠시도 쉬지 않고 금속활자에 먹물을 묻혔다. 붓을 내려놓기가 무섭게 종이를 집어 들었다. 한쪽을 집어 든 아로가 석찬 스님에게 말했다.

"반대쪽을 잡아 주세요."

"알았다."

두 손으로 종이 모서리를 잡은 석찬 스님과 눈빛으로 신호를 주고받은 아로는 천천히 인판틀 위에 종이를 올려놨다. 아무것도 없던 종이 위에 글씨가, 정확하게는 금속활자에 묻은 글씨의 먹물이 스며드는 것이 보였다. 하지만 생각했던 것보다 뚜렷하게 찍히지는 않았다. 옆에서 지켜보던 달잠 스님이 실망

한 표정으로 얘기했다.

"종이도 뭐로 좀 눌러놔야 하는 건가?"

글씨가 엉성하게 찍힌 종이를 살펴보던 아로는 고개를 저으며 대답했다.

"그러다간 종이가 찢어져 버려요. 가벼우면서도 꾹꾹 누를 수 있는 걸로 종이를 골고루 문질러야 해요."

"가벼우면서도 꾹꾹 누를 수 있는 게 있니?"

달잠 스님의 물음에 아로는 목골에서 배웠던 기억을 떠올렸다.

"여자 머리카락이요. 그걸 천에 싸서 겉에 밀랍을 살짝 묻힌 다음에 종이를 살살 문지르면 잘 묻어 나와요."

석찬 스님이 한숨을 쉬었다.

"지금 당장 어떻게 여자 머리카락을 구하지?"

"제 머리카락을 쓰세요."

뒤에서 들려오는 목소리에 놀란 아로가 고개를 돌리자 옥진이 서 있었다. 옥진은 머리를 풀어헤치더니 성큼성큼 걸어와서는 탁자 위에 놓인 칼을 집어 들었다. 누가 말릴 틈도 없이 긴 머리카락을 싹둑 잘라 버렸다. 눈 깜짝할 사이에 벌어진 일이라 세 사람 모두 손쓸 틈이 없었다. 잘린 머리카락 뭉치를 아로에게 건넨 옥진이 말했다.

"이걸 써."

"오, 옥진아."

"여기 온 지 얼마 안 된 너도 어떻게든 금속활자를 만들려고 애쓰는데 이 정도는 아무것도 아니야."

눈물을 애써 참으며 옥진이 덧붙였다.

"괜찮아. 머리는 금방 자랄 거야."

아로는 건네받은 옥진의 머리카락을 조심스럽게 탁자 위에 펼쳤다. 급하게 보자기를 펼친 다음 머리카락을 둘둘 말아서 보자기 가운데 올려놓고 단단히 묶었다. 마지막으로 밀랍을 조금 묻혀서 탁자에 문질렀다. 머리카락에 밀랍이 충분히 스며들었다고 판단한 아로는 두 스님에게 말했다.

"다시 찍어 봐요."

달잠 스님이 잠자코 붓을 들어서 인판틀에 배열된 금속활자 위에 골고루 먹물을 발랐다. 아로는 좀 전에 따로 빼놓았던 종이를 펼쳤다. 석찬 스님이 잽싸게 반대쪽 종이 끝을 잡아 줬다. 아로는 심호흡을 하면서 석찬 스님과 함께 종이를 먹물이 묻은 금속활자 위로 내려놓았다. 그리고 옥진의 머리카락을 넣은 보자기를 집어서 종이 위를 조심스럽게 골고루 문질렀다. 옆에서 지켜보던 달잠 스님이 감탄사를 날렸다.

"와! 아까보다 훨씬 나은데?"

아로의 눈에는 아직 멀어 보였지만 확실히 처음 찍었을 때보다는 나았다. 아로는 두 장의 종이를 유심히 들여다봤다. 확실히 금속활자로 찍어 내는 것은 판목에 글씨를 새겨서 종이에 찍는 목판인쇄보다는 복잡하고 번거로운 일이다. 하지만 목판인쇄로 책 한 권을 만들기 위해서는 수백 장의 판목이 필요한 반면, 금속활자는 나무 상자 안에 들어갈 정도의 활자와 인판틀만 있으면 그만이다. 또한 보관이나 이동이 어려운 목판과 달리 금속활자는 썩거나 뒤틀릴 염려도 없다. 금속활자만 충분히 만들어진다면 목판으로 찍는 것보다 훨씬 더 짧은 시간에 많은 책을 만들어 낼 수 있다.

속으로 목판활자와 금속활자의 장단점을 생각하던 아로는 고개를 가로저었다. 금속활자가 많이 만들어진다면 목판활자는 더 이상 쓰이지 않을 게 분명하다. 목골의 우덕 대행수가 마지막에 왜 그런 지시를 내렸는지도 비로소 알게 되었다. 아로가 생각에 잠겨 있는 사이 석찬 스님이 말했다.

"해가 떨어졌으니까 그만하고 정리하자. 화덕에 불을 지폈으니까 오늘부터는 한 사람씩 남아서 여길 지키는 게 좋겠다. 오늘은 내가 남으마."

홀로 남겠다는 석찬 스님을 뒤로하고 아로와 옥진, 달잠 스님은 운천산을 내려왔다. 아로는 앞장선 옥진에게 물었다.

"묘덕 할머니는 잘 가셨니?"

"응, 다비한 다음에 습골을 했는데 사리가 나왔어. 스님도 아닌데 사리가 나왔다면서 다들 놀라더라."

아로는 아직도 묘덕 할머니의 죽음이 받아들여지지 않았다. 아로는 경한 스님과 묘덕 할머니, 석찬 스님과 달잠 스님을 통해 그동안 자신을 억압하고 짓누르기만 한 어른들의 또 다른 모습을 볼 수 있었다.

"평생을 착하게 사신 분이잖아."

아로가 중얼거리자 옥진이 슬쩍 쳐다봤다. 아로는 아무것도 아니라는 표정으로 슬며시 미소 지었다. 옥진은 잘린 머리카락이 신경 쓰이는지 뒤통수를 만지작거리면서 말했다.

"당분간 두건을 눌러쓰고 다녀야겠어."

아로가 미안해하는 얼굴로 바라보자 옥진은 슬며시 웃으면서 얘기했다.

"금방 자랄 거니까 너무 신경 쓰지 마."

달잠 스님도 옥진도 돌아가고 홀로 남은 아로는 방에 들어섰다. 방 안은 싸늘했다. 아궁이에 불을 지핀 아로는 졸린 눈을 비비면서 그 앞에 앉았다. 두 장의 종이를 펼쳐 어느 부분이 제대로 찍히지 않았고, 반대로 어느 부분이 많이 찍혀서 번졌는지 일일이 확인했다. 아무래도 활자 하나하나를 따로 끼워 넣다 보니 판목 하나에 통째로 새기는 목판인쇄보다는 글자의 배열이 일정하지 못했다. 생각보다 쉽지 않겠다는 생각에 아로는 깊은 한숨을 쉬었다.

종이를 바라보던 아로는 참았던 눈물을 쏟아 냈다. 시키는 대로만 하면 아버지가 누군지 알려 주겠다는 우덕 대행수의 얘기에 넘어가서 이곳까지 왔고, 자신에게 마음을 주는 사람들을 속여 가면서까지 비밀을 지키려고 했다. 하지만 남은 건 어머니의 죽음 이후 지긋지긋하게 느꼈던 외로움뿐이다. 이 모든 것이 열다섯 살 아로에게는 감당하기 어려운 일이었다.

한참 울던 아로는 목에 걸고 있던 가죽 주머니를 풀어서 벽에다 힘껏 던져 버렸다. 벽에 부딪친 주머니는 둔탁한 쇳소리를 내면서 바닥에 떨어졌다. 주머니에는 솜으로 정성껏 감아 놓은 금속활자가 하나 들어 있었다. 로(路) 자 금속활자를 물끄러미 바라보던 아로는 불타는 아궁이 속에 던져 넣고는 방으로 올라갔다.

등잔불에 의지해 밤새 금속활자가 찍힌 종이를 살펴보던 아로가 중얼거렸다.

"이것이 길이라면 걸어야 할 뿐이지."

비로소 경한 스님의 말뜻을 이해할 수 있을 것 같았다. 괴로움과 두려움을 벗고 앞으로 나아가라는 뜻이었다. 그 속에서 길을 찾아야 한다는 뜻이었다. 어머니를 잃은 분노, 아버지를 찾을 수 있을까 하는 걱정을 모두 벗어 버리고 말이다. 어쩌면 경한 스님은 아로를 보자마자 정체를 알았을 수도 있다. 하지만 오히려 금속활자를 만드는 과정에 참여하게 함으로써 새로운 길을 가도록 만들었는지도 모른다.

　목골을 떠나면서부터 짊어졌던 오랜 고민을 벗어 버린 아로
는 오랜만에 달콤한 잠에 빠져들었다.

9

괴로움에서 벗어나다

아로는 무섭도록 일에 매달렸다. 아침에 눈뜨면 운천산의 작업장에 가서 어미자에 거푸집을 붙이고 쇳물을 부어서 어미자 가지쇠를 만드는 일을 반복했다. 두 스님은 도와주면서 잠자코 지켜보기만 했다. 다만, 무뚝뚝함을 내려놓은 석찬 스님이 당부를 겸한 충고를 했을 뿐이다.

"나무가 나이를 먹으면 낡은 껍질을 버리고 새로운 껍질을 입는단다. 매미도 허물을 벗어야 날 수 있지. 어른이 되는 과정이라고 생각하거라. 참고 견디면 끝이 보일 것이다."

아로는 계속 일에 몰두했다. 쇳물을 부은 거푸집을 조심스럽게 뜯어 낸 아로는 톱으로 가지쇠를 잘라 내고 줄톱과 송곳으로 금속활자를 다듬었다. 아로가 가지쇠를 잘라 내고 금속활자를 다듬는 일을 거의 도맡아하고 옥진까지 일에 가세하면서 작업 속도는 빨라졌다.

그렇게 해를 넘기고 정월 중순, 마지막 거푸집에 쇳물을 부을 수 있었다. 종일 일을 하느라 부르튼 손에 입김을 호호 불어가면서 화덕을 지켜보던 아로에게 옥진이 조심스럽게 말했다.

"날도 추운데 너무 무리하지 마."

아로는 옥진을 돌아보면서 빙그레 웃었다.

"《직지심체요절》을 완성할 때까지는 무슨 일이 있어도 버틸 거니까 걱정 마. 그나저나 경한 스님은 어떠셔?"

아로의 물음에 옥진은 힘없이 고개를 저었다. 여름에 쓰러진 경한 스님은 아직까지 일어나지 못하고 있었다. 그사이 새로 주지가 된 혜천 스님이 이런저런 일을 벌이면서 사찰 안팎이 소란스러워졌다. 새로 세운 원은 오가는 여행객들로 북적거렸고, 그들의 주머니를 노린 상인들이 사찰 주변에 진을 치면서 조용했던 흥덕사는 소란스러운 것이 일상이 되고 말았다. 그러면서 경한 스님의 존재도 사람들의 기억 속에서 희미해지고 말았다.

"꼭 일어나셔야 하는데."

아로는 경한 스님에게 《직지심체요절》을 꼭 보여 드리고 싶었다. 그리고 모든 진실을 털어놓고 용서를 빌고 싶었다. 부디 그럴 기회가 오면 좋겠다는 바람과 오지 못할지도 모른다는 불안감이 아로를 끝없이 일에 열중하게 만들었다.

그사이, 혜천 스님은 여러 번 금속활자 만드는 일을 방해했다. 전임 주지인 경한 스님의 그림자를 완전히 지워 버리고 싶었던 모양이다. 혜천 스님의 훼방이 점점 노골적이 되어 갔다.

화덕의 불을 보던 석찬 스님이 허리를 펴고 기지개를 켜다가 갑자기 얼굴이 굳어졌다. 옥진과 얘기를 나누던 아로는 석찬 스님의 시선을 따라 고개를 돌렸다가 마찬가지로 바짝 긴장하고 말았다. 주지인 혜천 스님이 한 무리의 스님을 이끌고 작업장 안으로 들어왔다. 작년 여름 경한 스님이 쓰러진 틈을 타서 작업장을 없애기 위해 왔다가 석찬 스님에게 쫓겨난 이후 처음 이곳에 발을 디딘 것이다. 뒤늦게 그 모습을 본 달잠 스님이 석찬 스님 앞을 가로막았다. 아로와 옥진도 자리에서 일어났지만 뭘 어찌해야 할지 감을 잡을 수 없었다. 바짝 긴장한 아로가 지켜보는 가운데 혜천 스님이 다가오자 달잠 스님이 허겁지겁 나가서 맞이했다.

"스님, 이곳에는 어인 일이십니까?"

"왜? 흥덕사 주지인 내가 오지 못할 곳이라도 왔느냐?"

비아냥인지 짜증인지 모를 혜천 스님의 날선 대꾸에 달잠 스님의 머리는 깊숙이 숙여졌다.

"그, 그것이 아니오라."

"청주 목사께서 이곳을 보고 싶다고 갑자기 청하셔서 모시고 왔느니라."

예상 밖의 얘기에 아로는 물론 두 스님과 옥진까지 얼떨떨
했다. 혜천 스님과 뒤를 따르는 다른 스님들 때문에 청주 목사
가 보이지 않았던 것이다. 못마땅한 눈으로 두 스님을 번갈아
쳐다보던 혜천 스님은 뒤따르던 청주 목사에게 말했다.

"보시다시피 자기들끼리 만들고 있는 중입니다. 완성할 수
있을지 없을지는 모르겠지만 말입니다."

헛기침을 한 혜천 스님에게 청주 목사가 굵직한 목소리로
말했다.

"번거롭게 해 드려 죄송합니다. 바쁘실 텐데 이만 돌아가셔
도 좋습니다. 이따가 내려가면서 잠깐 들르지요."

"그러시지요. 그럼 빈승은 이만 물러가겠습니다."

혜천 스님이 돌아서자 다른 스님들도 뒤따라 작업장을 빠져
나갔다. 남은 건 청주 목사와 하인 몇 명뿐이었다. 어찌할 바를
모르던 그들에게 청주 목사가 부드러운 목소리로 말했다.

"일을 방해해서 미안하네. 금속활자를 만든다고 해서 둘러
보러 왔네. 작업하고 있던 중인가?"

달잠 스님이 조심스럽게 대답했다.

"그렇습니다. 저희 넷이 함께 만들고 있습니다."

"방해가 안 된다면 잠깐 둘러보고 싶네."

더없이 정중한 청주 목사의 얘기에 달잠 스님은 얼떨떨한

표정으로 다른 사람들을 돌아봤다. 무슨 의도로 왔는지 이해가 되지 않았기 때문이다. 아로 역시 청주 목사가 갑자기 왜 나타 났는지 도통 알 수가 없었다. 어색한 침묵이 이어지자 청주 목사가 너털웃음을 지었다.

"관리이기 이전에 글을 읽는 학자로서 책에 관심이 많다네. 경한 스님께서 금속활자로 책을 만든다는 얘기를 듣고는 궁금 했었지. 그래서 이번에 흥덕사에 왔다가 주지 스님께 청해서 이곳에 온 것일세."

청주 목사가 그렇게까지 말하자 더 이상 어찌해 볼 도리가 없었다. 달잠 스님이 작업장을 안내하기 시작했다. 아로는 의 자에 앉아서 송곳으로 금속활자를 다듬는 작업을 계속 했다. 옆에 앉은 옥진도 줄톱으로 금속활자의 거친 부분을 다듬었다. 잠시 뒤 입으로 후후 불어 가면서 금속활자를 다듬던 아로 곁 으로 달잠 스님이 청주 목사와 함께 다가왔다.

"지금 이 아이들이 하는 건 가지쇠에서 떼어 낸 금속활자를 다듬는 겁니다."

달잠 스님의 설명에 청주 목사가 이것저것 물어봤다.

"그나저나 이 아이는 몇 살인가?"

별안간 화제가 자신에게 돌아오자 아로는 몸을 움츠렸다. 달잠 스님이 얼른 대답했다.

"올해 열여섯이 되었습니다. 작년에 사찰에 왔는데 글자를 알고 부지런해서 우리 일에 큰 도움이 되고 있습니다."

"열여섯이라? 요즘 세상에 글을 배우기가 쉽지 않았을 텐데 어디서 배웠느냐?"

청주 목사의 갑작스러운 물음에 아로는 고개를 숙인 채 기어들어 가는 목소리로 대답했다.

"옆집 향선생에게 배웠습니다."

"용케도 글을 배웠구나. 금속활자를 만드는 일은 경한 스님의 뜻을 이어받는 것뿐만 아니라 나라를 위해서도 반드시 해야 할 일이니라. 그러니 힘들고 어렵더라도 열심히 하여라."

고개를 든 아로는 청주 목사를 가까이서 봤다. 진한 턱수염과 각진 턱 위로 강인한 눈빛을 볼 수 있었다. 아로는 고개를 조아리며 대답했다.

"명심하겠습니다."

작업장을 모두 둘러본 청주 목사가 돌아갈 채비를 하면서 물었다.

"혹시나 내가 도와줄 것이 있느냐?"

아로가 잽싸게 말했다.

"종이가 필요합니다. 황지나 감지로요."

청주 목사가 뜻밖이라는 표정으로 아로를 바라보자 달잠 스님이 말했다.

"목골에서 온 아이인지라……."

"목골? 거기 사람이 금속활자를 다루는 일에 참여했단 말이냐?"

청주 목사의 물음에 아차 싶어진 아로는 조심스럽게 대답했다.

"사정이 있어서 그리되었습니다."

청주 목사는 알겠다는 표정으로 고개를 끄덕거렸다.

"무슨 사정인지는 묻지 않으마. 종이는 바로 보내 주겠다."

"감사합니다."

다음 날, 청주 목사가 보낸 종이가 도착했다. 상태가 좋은 감지와 황지는 물론 상백지 같은 값비싼 종이들이었다. 눈앞에 쌓인 종이를 본 달잠 스님의 눈이 휘둥그레졌다.

"이거면 수십 권은 찍을 수 있겠다."

청주 목사가 관심을 보이자 혜천 스님의 훼방은 눈에 띄게 줄었다. 다만 간간이 나타나서 트집을 잡았다.

"법회에도 나오지 않아서 뭘 하고 있는지 둘러보러 왔느니라."

"죄송합니다. 일손이 부족하여 일에만 열중하느라 미처 살피지 못했습니다."

아로는 석찬 스님이 주먹을 불끈 쥐고 꾹 참는 것을 봤다.

"쓸데없는 일에 매달리느라 불사에 소홀하니 어찌 승려라고 할 수 있겠느냐?"

혜천 스님은 작업장을 돌아다니면서 꼬투리를 잡고는 잔소리를 늘어놨다. 두 스님은 죄송하다고 말하면서 연신 고개를 숙였다. 한참 잔소리를 하던 혜천 스님이 돌아가자 네 사람은 약속이나 한 듯 다시 일에 열중했다.

그리고 그날, 마지막 금속활자를 완성했다. 석찬 스님이 쇳물이 부어진 거푸집을 부수고 활자 가지쇠를 꺼내서 아로에게 건넸다.

"네가 없었다면 일이 이렇게 빨리 끝나지는 않았을 거다. 마무리를 부탁한다."

아로는 톱으로 가지쇠를 자르고 줄톱과 송곳으로 활자를 다듬었다. 그러고는 탁자 위에 조심스럽게 내려놨다.

"다 됐습니다."

네 사람 모두 한동안 침묵을 지켰다. 끝날 것 같지 않던 기나긴 여정이 드디어 끝을 보인다는 생각에 벅차오른 것이다. 옥진을 시작으로 아로까지 훌쩍이자 석찬 스님과 달잠 스님도 눈물을 감추지 못했다. 한동안 울던 석찬 스님이 말했다.

"아직 《직지심체요절》을 찍지 못했다. 진정들 하자."

눈이 빨갛게 달아오른 달잠 스님이 울먹거리면서 얘기했다.

"우리가 금속활자를 완성했다는 게 믿기지 않습니다."

"다 힘을 합해서 그런 것이지. 오늘은 푹 쉬고, 내일부터 본

격적으로 작업을 하자."

석찬 스님의 얘기에 나머지 세 사람은 작업장을 정리하기 시작했다. 석찬 스님과 달잠 스님은 혹시나 혜천 스님이 훼방을 놓을지 몰라서 작업장의 초가집에 남았다.

다음 날, 작업장에 모인 네 사람의 얼굴은 긴장과 기대감으로 가득 차 있었다. 불을 지핀 화덕 앞에 모인 세 사람에게 아로가 말했다.

"우리가 가지고 있는 종이를 합하면 대략 50권에서 100권은 찍을 수 있을 것 같아요."

석찬 스님이 나섰다.

"나나 달잠 스님은 어깨 너머로 본 게 전부니 이 일은 네가 전적으로 맡아서 진행해 주면 좋겠다."

달잠 스님과 옥진이 동의하는 눈빛을 던졌다. 아로는 탁자에 놓인 인판틀을 물끄러미 내려다봤다. 예상했던 일이지만 막상 눈앞에 닥치니 어찌할 바를 몰랐다. 금속활자를 만들어서 많은 사람들을 도우려는 이들의 숭고함을 지켜 주고 싶은 마음과 아버지를 찾아야 한다는 마음 사이의 갈등이 아직 끝나지 않은 것이다. 거기다 금속활자가 목판활자를 밀어내게 되면 수많은 목골 사람의 생계가 끊길 수도 있다. 피하려고 한 선택의 순간이 다가오자 아로는 목이 메어 왔다. 그러다 문득 경한 스님이 예전에 들려준 얘기가 떠올랐다.

'길이 있다면 걸어야 할 뿐이지.'

그때는 무슨 의미인지 이해할 수 없었지만 이 순간 확실히 알게 되었다. 숨을 깊게 내쉰 아로가 입을 열었다.

"일단 저랑 달잠 스님이 인판틀에 활자를 배열하는 일을 할 게요. 석찬 스님이랑 옥진이가 인판틀에 배열된 활자를 정돈하고 높이를 맞추는 일을 하는 동안 저랑 달잠 스님은 다른 인판틀에 활자를 배열하면 좋겠어요."

"인판틀 두 개로 번갈아 가면서 작업해 속도를 높이자는 거구나."

달잠 스님의 말에 아로가 고개를 끄덕거렸다.

"네. 석찬 스님이랑 옥진이가 인판틀의 활자를 정돈하는 일을 끝내면 저랑 달잠 스님이 먹물을 바르고 종이를 찍을게요. 그런 다음 종이에 찍힌 상태를 봐서 인판틀의 활자를 다시 정돈한 다음에 본격적으로 찍어 내는 거예요. 그때는 네 명 모두 매달려서 찍는 일을 하는 겁니다."

"하긴, 인판틀이 두 개라 한 장을 찍을 때 여러 번 찍어 내야 하는구나."

석찬 스님의 얘기에 아로가 한쪽에 쌓아 놓은 종이를 쳐다봤다.

"잘못하면 책 뒷부분을 찍을 종이가 부족할 수 있으니까 조심해서 해야 해요. 차츰 익숙해지긴 하겠지만 말이죠."

"그럼 빨리 시작하자."

팔을 걷어붙인 석찬 스님의 말에 다 같이 일을 시작했다. 아로는 달잠 스님이 인판틀의 계선 사이에 밀랍을 붓는 사이, 목판으로 찍은 《직지심체요절》을 펼쳐 놓고 금속활자들을 골라내 밀랍이 발라진 인판틀에 조심스럽게 올려놨다. 금속활자의 배열을 끝낸 인판틀은 석찬 스님과 옥진에게 넘겨졌다. 두 사람은 인판틀 위에 철판을 올려놓고 손으로 꾹꾹 눌러서 높이를 맞췄다. 벌어진 틈이나 기울어진 곳에는 나무조각이나 못 쓰는 종이를 끼워서 배열을 맞췄다. 석찬 스님과 옥진이 인판틀에 끼워진 금속활자들의 높이를 맞추고 배열을 조정하는 일을 끝내자 일은 다시 아로와 달잠 스님에게 넘어왔다.

아로는 옥진이 미리 갈아 놓은 먹물을 붓에 듬뿍 찍어서 인판틀에 배열된 금속활자에 골고루 묻혔다. 두 사람이 종이를 팽팽하게 잡아당긴 다음 위에 덮었다. 종이가 금속활자에 닿자마자 아로는 옥진의 머리카락이 든 보자기로 살살 문질렀다. 종이에 서서히 글씨가 드러나자 아로는 구석구석 문질러 대다가 떼었다. 옆에서 지켜보던 달잠 스님이 말했다.

"지난번보다 좋아 보이는걸?"

"잠깐 살펴볼게요."

아로는 탁자에 종이를 놓고 꼼꼼하게 살폈다. 목골에서 목판활자로 찍은 것과 비교하면 처참한 수준이었다. 더군다나 판목 전체에 새기는 게 아니라 활자를 하나하나 배열했기 때문에 행이 맞지 않은 게 눈에 띄었고, 글자마다 농도가 달랐다. 거기다 찍는 과정에서 흔들린 금속활자가 있었는지 제대로 찍히지 않은 것들도 보였다. 아로는 꼼꼼하게 살펴보며 작은 붓으로 종이 몇 군데에 표시를 한 뒤 사람들에게 보여 줬다.

"여기 심(心) 자는 오른쪽으로 기울어졌고, 대(大) 자는 위로 튀어나와서 못 알아볼 정도로 진하게 나왔습니다. 이쪽 아래의 사(史) 자는 반대로 아래쪽으로 너무 내려가서 거의 찍히지 않았어요."

아로의 설명을 들은 달잠 스님이 인판틀을 들여다보면서 말했다.

"심 자에는 나무토막을 옆에 끼워서 세우면 될 것 같고, 대 자는 조금 눌러 주면 될 것 같구나. 사 자가 문제인데 뽑아낸 다음 밀랍을 조금 더 바를까?"

"아뇨. 그것보다는 뭔가 단단한 걸 박아 놓는 게 좋을 것 같아요."

뭔가 골똘히 생각하던 석찬 스님이 화덕 앞으로 가서는 바닥을 살펴보다가 뭔가를 집어 들었다.

"가지쇠에서 떨어져 나온 쇳조각이다. 딱 활자 크기니까 이걸로 하는 게 어떻겠니?"

가지쇠 조각을 건네받은 아로는 대략 살펴보고는 고개를 끄덕거렸다.

"이걸로 받치면 되겠네요."

송곳으로 사 자를 들어내고 가지쇠를 밀랍 위에 박아 넣었다. 그 위에 사 자를 올려놓자 얼추 높이가 맞았다. 아로는 다시 인판틀 위에 놓인 활자에 먹물을 골고루 바른 다음 새 종이에 찍어 냈다. 보자기로 종이 위를 문지르는 아로의 얼굴에 미소가 피어올랐다. 분명 확실히 나아질 것이다. 아로의 얼굴 표정을 살핀 나머지 세 사람의 얼굴에도 미소가 피어올랐다. 아로가 글씨가 찍힌 종이를 보여 줬다.

반색을 하며 옥진이 얘기했다.

"확실히 아까보단 잘 찍힌 것 같아."

다들 고개를 끄덕거리면서 뿌듯해했다. 아로는 옆에 비워 놓은 탁자 위에 방금 찍은 종이를 올려놓은 뒤 사람들에게 말했다.

"그럼 이걸로 계속 찍어요."

사람들의 손길이 바쁘게 움직였다. 탁자 위에는 새로 글씨가 찍힌 종이들이 차곡차곡 쌓였다. 간혹 행이 일정하지 않고 농도가 일정하지 않은 게 눈에 띄긴 했지만 아무런 경험이 없는 사람들이 이 정도까지 해낸다는 것이 믿기지 않았다. 종이에 찍어 내는 작업을 하는 동안 아로는 종이에 물을 살짝 뿌리고 적당히 말린 다음에 최대한 잡아당긴 뒤 인판틀 위에 놓고 누르면 글씨가 잘 찍힌다는 사실을 알아냈다. 활자들의 행을 조정할 때 나무조각보다 종이가 더 쓸모 있다는 사실도 알게 되었다.

혜천 스님이 또 나타나서 트집을 잡으면서 훼방을 놨지만 두 스님은 미안하다는 말을 하면서 견뎠다. 사람 좋은 달잠 스님은 물론이고 한 성질 하는 석찬 스님까지 묵묵히 참아 냈다. 그동안 아로는 두 스님과 함께 작업장의 초가집에서 지내면서 일에 집중했다. 작업장 한쪽에 글씨가 찍힌 종이들이 수북하게 쌓여 가던 어느 날, 석찬 스님이 말했다.

"아로야, 그러다가 일 끝나기 전에 쓰러지고 말겠다. 오늘은 내려가서 푹 쉬고 내일 올라오너라."

아로는 괜찮다고 말했지만 옥진까지 나서서 등을 떠밀자 결국 일손을 놨다. 아로를 배웅해 주던 옥진이 뭔가 생각났다는 표정으로 말했다.

"며칠 전부터 원에 머무는 손님이 네 또래의 불목하니를 찾고 있다고 했어."

"그래?"

"혹시 고향에서 온 사람일지 모르니까 만나 봐."

터덜터덜 산길을 내려온 아로는 흥덕사로 들어섰다. 주지 스님이 원을 세운 이후 사찰 안팎은 드나드는 손님과 장사꾼으로 가득했다. 처마마다 등롱(燈籠, 종이나 천을 씌워 벽에 매달아 놓거나 들고 다니는 등)이 매달려 있고, 왁자지껄 떠드는 소리가 마치 시장 바닥 같았다.

아로는 방으로 들어갔다. 비워 둔 탓인지 방 안에는 먼지가 뿌옇게 쌓여 있었다. 아로는 걸레로 방을 깨끗하게 닦았다. 불을 지피려고 아궁이 안에 가득 쌓인 재를 부지깽이로 긁어내서 항아리에 담았다. 그러다 얼마 전에 아궁이에 던져 넣었던 금속활자를 발견했다. 검게 그을리기는 했지만 글씨는 알아볼 수 있었다. 아로는 불 속에서 견뎌 낸 금속활자를 말없이 내려다봤다.

지난 몇 달간 끊임없이 벌어진 일들이 아로를 계속 생각하고 판단하게 만들었다. 예전과는 다른 상황과 부닥치면서 힘겹고 어려운 결정들을 내려야 했고, 그 과정에서 조금씩 성장해 갔다. 이제 마지막 과정 앞에 서게 되었다. 이제 금속활자를 찍어 책을 만들어 내는 과정은 길어 봤자 두세 달이면 끝난다. 그것이 무엇을 의미하는지는 명확했다.

끝이 보이기 시작하자 다시 고민이 찾아왔다. 아버지에 관한 일을 비밀로 숨기는 바람에 틀어져 지내긴 했지만 목골은 그의 고향이었다. 금속활자로 만든 책의 완성이 점점 다가오면서 고향이 어떤 변화를 겪을지 걱정이 되었다. 지금이라도 두 스님과 옥진에게 사실대로 털어놓고 용서를 빌어 볼까도 생각했다. 하지만 그들이 받을 충격과 실망을 생각하면 쉽사리 입을 열 수 없을 것 같았다. 깊은 생각에 잠겨 있던 아로는 손에 들려 있던 금속활자를 꽉 움켜쥐었다.

청소를 마치고 간단하게 씻은 아로는 이불을 펴고 잠을 청했다. 하지만 바깥에서 손님들이 떠드는 소리 때문에 잠이 오지 않았다. 잠이 막 들려고 할 때, 아까 옥진에게 들었던 얘기가 떠올랐다.

"설마."

아로는 이불을 박차고 나와서 원으로 향했다. 해가 떨어지면서 날씨가 더 쌀쌀해졌지만 그럭저럭 견딜 만했다. 등롱 아래 펼쳐 놓은 돗자리와 평상에는 늦은 저녁을 먹는 손님들로 가득했다.

아로가 열심히 먹고 떠드는 사람들을 물끄러미 바라보고 있는데 개중에 아버지와 아들로 보이는 이들이 눈에 들어왔다. 머리에 상투를 틀고 다 해진 저고리와 통이 좁은 바지 차림의 아버지와 턱 없이 큰 바지를 입은 아들은 오랜 여행 탓인지 지쳐 보였다. 바로 옆에 단단하게 묶은 봇짐과 보따리들이 있는 걸로 봐서는 떠돌이 장사꾼인 것 같았다. 아버지는 뜨거운 국을 나무 숟가락으로 떠서 입으로 후후 불어 아들의 입에 넣어 주었다. 아들이 꿀꺽 삼키자 아버지는 대견하다는 표정으로 등을 토닥거려 주었다. 그 광경을 지켜보던 아로는 가슴에 견딜 수 없는 쓸쓸함을 품고 돌아섰다.

원에 오긴 했지만 막상 누가 자신을 찾았는지, 그들이 찾는 게 자신인지 아로는 확신할 수 없었다. 목골 사람들이 여기로 올 리는 없기 때문이다. 체념하고 방으로 돌아가려던 아로는 갑자기 눈앞을 가로막은 그림자를 발견했다. 무심코 고개를 든 그는 등롱에 비친 상대방의 얼굴을 보고는 깜짝 놀라고 말았다.

"넌!"

목골의 길우가 차갑게 얘기했다.

"어디 조용한 데 가서 얘기 좀 하자."

붉은색 비단으로 만든 요선오자(腰線襖子, 몽골인들이 입던 겉옷의 한 형태로 허리 부분에 잔주름이 잡혀 있어서 활동하기 편리했고, 조선 시대로 이어지면서 철릭으로 정착되었다.)에 푸른색 사방모(四方帽, 삿갓 모양의 모자)를 쓴 길우는 흡사 부잣집 도령처럼 보였다.

어디로 갈까 고민하던 아로는 길우를 데리고 금당 앞의 오층 석탑으로 갔다. 다행히 탑돌이를 하는 사람이 없어서 얘기를 나눌 수 있었다. 마치 종을 거느리고 절 구경을 하는 것처럼 여유롭게 주변을 둘러보는 길우에게 아로가 물었다.

"대체 그 차림은 뭐고, 여긴 어쩐 일이야?"

길우는 생각지도 못한 대답을 했다.

"우덕 대행수께서 돌아가셨어."

"뭐?"

"한 달쯤 전에 돌아가셨고, 오국첨 어르신이 대행수가 되셨지."

길우의 얘기를 들은 아로는 저도 모르게 털썩 주저앉았다.

"맙소사."

그걸로 아버지를 찾겠다는 희망은 물거품이 되고 말았다. 희망이 사라져 낙담하는 아로에게 길우가 소매에서 둘둘 말린 두루마리를 꺼내 보여 줬다.

"이건 우덕 대행수가 돌아가시기 전에 쓴 거야. 너한테만 보여 주라며 봉인(封印)까지 해 두셨지."

두루마리를 쳐다보며 아로가 물었다.

"대체 무슨 일이 벌어진 거야?"

길우는 두루마리를 도로 소매 속에 찔러 넣으면서 얘기했다.

"그건 내가 묻고 싶은데? 우덕 대행수께서 널 보내고 난 뒤 그냥 손을 놓으시는 바람에 행수들께서도 다들 걱정이 이만저만 아니었어. 물어봐도 네가 알아서 잘할 거라는 말씀만 하고 말이야. 그러다 작년 가을부터 시름시름 앓다가 돌아가신 거야. 장례가 끝나고 오국첨 어르신께서 새로 대행수로 뽑히셨어. 그리고 바로 여기로 오셨지. 직접 문제를 해결하시기 위해서 말이야."

아로가 깜짝 놀란 표정으로 물었다.

"여기로 오셨다고?"

"응. 나랑 대행수 어르신이랑 몇 명이 같이 왔어."

"뭣 하러?"

"오국첨 어르신이 네가 맡은 일을 잘하고 있는지 궁금하고, 만약 그렇지 않다면 우리가 직접 손을 쓰는 게 좋겠다고 하셨어. 다행히 흥덕사에서 원을 여는 바람에 이곳에 머물면서 이런저런 얘기를 들을 수 있었지."

아로는 잠자코 길우의 다음 얘기를 기다렸다.

"금속활자 만드는 데 참여했다고 들었는데 만드는 법을 배운 거야?"

아로가 고개를 끄덕거리자 길우가 히죽 웃었다.

"그럴 줄 알았어. 넌 호기심이 유독 많으니까."

"그런데 직접 손을 쓴다는 게 무슨 뜻이야?"

아로가 거친 목소리로 묻자 길우가 어깨를 으쓱거렸다.

"난 그저 길잡이 삼아서 따라왔을 뿐 자세한 건 몰라. 어제 오국첨 어르신이 주지 스님을 만나기는 했는데 얘기가 잘 안 풀렸나 봐."

아마 청주 목사가 찾아온 것 때문에 혜천 스님이 몸을 사렸을 것이다. 어찌되었건 청주 목사가 관심을 가지고 있는 일이니 쉽게 나설 수는 없었을 테니까 말이다.

아로가 아무 말이 없자 길우가 혀를 찼다.

"며칠 여기 머물면서 사람들 얘기를 들어 봤는데 너는 일을 도와주는 정도가 아니라 아예 앞장선다고 하던데? 설마 딴생각을 하는 건 아니겠지?"

"딴생각이라니?"

아로가 반문하자 길우가 미심쩍은 눈으로 바라봤다.

"넌 아버지 일 때문에 목골을 싫어하잖아. 그래서 행수들도 너한테 일을 맡기는 걸 못 미더워했던 거고. 거기다 여기 와서 네가 지내온 이야기를 들으니 그런 것 같기도 하고 말이야. 오 국첨 대행수는 네가 목골을 배신한 것 같다고 말했어."

오해라고 말하려는 순간, 아로는 말문이 막혔다. 사실일 수 도 있다는 생각 때문이었다. 아로가 머뭇거리자 길우가 고개를 끄덕거렸다.

"오국첨 어르신의 생각이 맞았군. 돌아가신 우덕 대행수 어 르신은 끝까지 너를 믿어야 한다고 하셨지만 말이야."

"너 나한테 숨기는 거 있지? 여기 온 진짜 목적이 뭐야?"

퍼뜩 정신을 차린 아로가 묻자 길우는 의미심장한 눈길로 운천산을 바라봤다.

"금속활자를 만드는 작업장이 저 산에 있다면서?"

길우의 눈길을 따라 운천산을 바라보던 아로는 숨이 턱 막 혔다.

"설마!"

아로가 쏘아보자 길우는 어깨를 으쓱거렸다.

"혹시 몰라서 직접 와 봤는데 금속활자가 이미 완성되었고, 책을 완성하기 일보 직전이라는 얘기를 들었어. 그래서 어제 오국첨 어르신이 주지 스님을 만났던 거야. 책이 완성되는 걸 막아 주면 앞으로 이 절에서 만드는 모든 목판활자를 무료로 해 주겠다고 말이야. 그러면 당연히 승낙할 줄 알았는데 거절당했어. 그래서 어제 내내 고민하다가 아까 다들 작업장으로 갔어."

얘기를 들은 아로는 저도 모르게 휘청거렸다. 예전에 아로가 꿈에서 그랬던 것처럼 목골 사람들이 작업장을 불태우려고 하는 모양이다. 아로가 다급하게 외쳤다.

"그러면 안 돼!"

"너도 우리 마을 사람들 알잖아. 착하고 일밖에 몰라. 이건 목골 전체의 운명이 걸린 문제야. 다들 자식들이 굶게 될지도 모른다고 걱정하고 있어. 네가 우덕 대행수 어르신이 시킨 대로 하지 않고 있다는 걸 여기 와서 알고는 오국첨 어르신이 결정한 거야."

길우의 얘기를 들은 아로는 고개를 저었다.

"우덕 대행수 어르신이 나한테 지시한 건 금속활자를 만드는 걸 방해하라는 게 아니었어. 목골에서도 금속활자를 만들 수 있도록 배우라고 했단 말이야."

아로는 작년에 목골을 떠나기 전에 우덕 대행수에게 들었던 말을 떠올렸다. 아로가 놀라자 우덕 대행수는 덧붙여 말했다.

'어차피 시대의 흐름이 금속활자로 넘어간다면 굳이 우리가 목판활자를 고집할 필요는 없지 않느냐? 홍덕사로 가서 금속 활자 만드는 법을 배웠다가 적당할 때 정체를 밝히고 목골에서도 금속활자를 만들 수 있도록 해야 한다. 우리 마을 전체의 운명이 걸린 일이니까 반드시 해내야 한다. 그리하면 네 아버지가 누구인지 알려 주마.'

"뭐라고? 누구보다 목골의 목판활자 기술을 지키려고 애썼던 우덕 대행수께서 그런 얘기를 했을 리가 없어."

길우가 믿을 수 없다는 눈길을 주면서 말하자 아로는 필사적으로 입을 열었다.

"나도 자세한 설명은 듣지 못했어. 하지만 우덕 대행수 어르신은 금속활자를 만드는 일을 막는 건 이제 불가능하다고 여긴 것 같아. 설마 내가 어르신의 이름을 걸고 거짓말을 하겠어?"

아로가 강한 어조로 얘기하자 길우는 생각에 잠겼다가 수긍하는 눈빛을 보였다. 아로는 석찬 스님과 달잠 스님에게 솔직하게 털어놓으려고 했다. 하지만 경한 스님이 쓰러지고 묘덕 할머니도 돌아가시고, 일이 연달아 터지는 바람에 입을 열지 못했다. 아로의 얘기를 듣고 실망할 것을 생각하니 차마 입이 떨어지지 않았다. 그런데 아무것도 모르는 목골 사람들이 일을 저지른다고 생각하니 아로는 눈앞이 깜깜했다.

"어쩐지 우덕 대행수께서 돌아가시기 직전에 행수 어른들이

랑 나를 불러서 반드시 아로의 말을 믿어야 한다고 거듭 얘기
해서 이상하다 싶었지."

아로는 혼란스러워하는 길우에게 외쳤다.

"어서 따라와."

아로는 운천산을 향해 뛰어나갔다. 길우도 허둥지둥 뒤를
따랐다. 고개를 들고 산 중턱을 바라보니 불빛이 환했다.

한걸음에 작업장에 도착한 아로의 눈에 보인 것은 대치 상
황이었다. 횃불을 든 석찬 스님과 달잠 스님이 화덕 앞에 서 있
었고, 대행수가 된 오국첨과 목골 사람 몇 명이 바로 앞에 모여
있었다. 목골 사람들 손에도 몽둥이가 들려 있었다. 두 스님의
바로 옆 탁자에는 금속활자로 인쇄한 종이가 쌓여 있었다. 먹
물이 완전히 마르기를 기다리던 중에 목골 사람들이 들이닥친
것이다. 아로는 팔을 휘저으면서 뛰어갔다.

"멈춰요! 멈추라고요!"

아로의 갑작스러운 등장에 오국첨 대행수와 목골 사람들은
물론 석찬 스님과 달잠 스님까지 어리둥절해했다. 쉬지 않고
달려오느라 지칠 대로 지친 아로는 바닥에 주저앉으면서 숨을
몰아쉬었다. 석찬 스님이 아로에게 소리쳤다.

"어서 도망쳐라. 이상한 사람들이야."

"아니에요. 오해가 생긴 거니까 모두 진정들 하세요."

석찬 스님이 의아한 얼굴로 물었다.

"오해라니?"

아로는 양쪽 가운데 서서 오국첨 대행수와 목골 사람들에게 말했다.

"돌아가신 우덕 대행수께서는 저에게 금속활자 만드는 법을 배우라고 하셨어요."

오국첨 대행수가 떨떠름한 표정으로 물었다.

"무슨 소리냐? 우덕 대행수가 어떻게든 막으라는 얘기를 한 게 아니란 말이냐?"

"네. 우덕 대행수께서는 금속활자 만드는 법을 배우고, 그걸 목골 사람들에게 알려 주라고 하셨어요."

"말도 안 되는 소리하지 마라. 우덕 대행수께서 망령이 나지 않고서야 그런 말을 할 턱이 있느냐?"

앞으로 나선 것은 행수 조판중이었다.

"우덕 대행수께서 목판활자를 지키기 위해 얼마나 노심초사 하셨는데 그런 말을 하셨을 리가 없다."

아로를 노려보던 조판중이 오국첨 대행수를 돌아보면서 말했다.

"저놈이 우리 마을을 망치려고 거짓말을 하는 게 틀림없습니다. 시간이 없습니다. 어서 저 종이들을 태워 버리고 금속활자를 찾아서 없애야 합니다."

길우까지 나서서 설득했지만 조판중은 요지부동이었다. 영문을 몰라 하던 석찬 스님이 물었다.

"아는 사람들이냐?"

아로가 우물쭈물하자 조판중이 이죽거리면서 말했다.

"알다 뿐이야? 우리 목골에서 금속활자 만드는 걸 탐문하라고 보낸 아이외다."

조판중의 얘기를 들은 석찬 스님과 달잠 스님은 충격을 받은 표정이었다. 조판중은 우물쭈물하고 있는 오국첨 대행수에게 말했다.

"대행수께서 안 하실 거면 제가 직접 하겠습니다."

조판중이 손에 든 몽둥이를 휘두르면서 괴성을 질렀다. 당황한 두 스님이 물러나자 조판중은 종이를 움켜쥐고 화덕으로 다가갔다. 아로가 두 팔을 휘두르면서 화덕 앞을 막아서자 조판중이 소리쳤다.

"비켜!"

아로가 꿈쩍 않고 버티자 조판중은 한 손에 든 몽둥이를 내려쳤다. 관자놀이에 정통으로 맞은 아로는 피를 흘리면서 옆으로 쓰러졌다. 지켜보던 길우가 조판중에게 덤벼들었다. 두 사람이 옥신각신하는 와중에 떠밀린 길우가 화덕 쪽으로 기우뚱했다. 쓰러졌던 아로는 손을 뻗어서 길우의 소매를 붙잡았다. 휘청한 길우의 소매에서 빠져나온 두루마리가 화덕의 불구멍으로 빨려 들어갔다. 그 사이에 두 스님이 달려와서 조판중을 붙잡았다. 아로는 그 와중에 탁자에서 떨어진 종이를 집어 들어 오국첨 대행수와 나머지 목골 사람들에게 달려갔다. 그리고 두 손으로 종이를 활짝 펼쳐 보였다.

"종이에 찍힌 글씨가 보이십니까? 금속활자로 찍은 것도 목판활자로 찍은 것과 다를 바가 없습니다. 왜 금속활자에 대해서 알아보지도 않고 무조건 배척하려고 하십니까? 우덕 대행수께서 왜 저에게 그런 지시를 내렸는지 생각해 보십시오."

"우덕 대행수가 진정 그런 얘기를 했단 말이냐?"

"그렇습니다. 제가 어찌 우덕 대행수 어르신의 이름을 걸고 거짓을 고하겠습니까?"

오국첨 대행수는 아로가 내민 종이에 찍힌 글씨를 달빛에 비춰 봤다. 그러고는 다른 목골 사람들에게 건넸다. 그러면서 아로에게 말했다.

"이게 금속활자로 찍은 글씨란 말이냐?"

"제가 일을 해 보니까 금속활자는 여러모로 장점이 많습니다. 새로운 것이라고 무조건 배척하고 두려워하지 말고 찬찬히 살펴보십시오."

오국첨 대행수는 굳은 표정으로 아로를 내려다봤다. 그러고는 화덕 앞에서 두 스님과 몸싸움을 하고 있는 조판중을 쳐다봤다. 아로는 피를 많이 흘린 탓인지 의식이 흐릿해졌다. 기운이 빠진 아로는 바닥에 다시 쓰러졌다. 하얀 눈 위로 붉은 피가 뚝뚝 떨어졌다. 멍하니 떨어진 피를 지켜보던 아로는 눈 속에 금속활자 하나가 떨어져 있는 걸 발견했다. 아까 아궁이에서 찾아낸 금속활자였다. 아로는 마지막 힘을 쥐어짜 내서 손을 뻗었다. 금속활자를 움켜쥔 순간 의식을 잃었다.

10

아
버
지

눈을 뜬 아로는 머리가 깨질 것 같은 통증에 저도 모르게 신음 소리를 냈다. 정신을 차리고 주변을 돌아본 아로는 자신이 누워 있는 곳이 작업장에 있는 초가집이라는 사실을 알아차렸다. 문이 닫혀 있어서 어두컴컴했지만 벽 틈으로 스며들어 오는 환한 빛을 본 아로는 벌써 한낮이 되었음을 깨달았다. 힘겹게 몸을 일으킨 아로는 한 손으로 문을 열었다. 따사로운 겨울 햇살 아래 작업장이 눈에 들어왔다. 때마침 인판틀을 들여다보던 길우가 아로를 보고는 반색을 했다.

"일어났어? 괜찮니?"

눈앞에 펼쳐진 광경에 아로는 어리둥절했다. 길우가 피식 웃었다.

"하긴, 의식을 잃고 쓰러져 있어서 무슨 일이 있었는지 모르는 게 당연하지. 네가 기절하고 나서 오국첨 대행수께서 스님들에게 금속활자 만드는 과정을 물어보셨어. 그리고 함께하기로 한 거지."

아로는 오국첨 대행수와 달잠 스님이 나란히 서서 인쇄된 종이를 들여다보는 광경을 믿을 수 없다는 듯 바라봤다. 그 옆에는 목골에서 온 다른 행수가 화덕의 불을 살피고 있었다. 천천히 살펴보는 아로에게 길우가 말했다.

"대행수께서도 더 이상 금속활자를 막을 수 없으면 차라리 우리가 앞장서서 받아들이는 게 좋겠다고 결정하셨어. 일단 힘을 합해서 《직지심체요절》을 찍기로 했어. 그다음에는 두 스님이 금속활자 만드는 법을 목골 사람들에게 가르쳐 주시기로 했고 말이야."

길우의 얘기를 들은 아로가 입을 열었다.

"아마 예전처럼 목골 사람들만 활자 만드는 기술을 독점하지는 못할 거야."

길우가 쓴웃음을 지었다.

"그건 어쩔 수 없는 일이지. 하지만 대행수가 금속활자로 책을 찍으면 오히려 수요가 더 늘어날 거라고 말씀하셨어."

"그렇게 생각하면 다행이야."

아로는 목골 사람들과 스님들이 힘을 합해 일하는 모습을 물끄러미 바라봤다. 그런 아로를 보면서 길우가 낮은 목소리로 말했다.

"우덕 대행수께서 건네주신 두루마리 말이야. 기억나는지 모르겠는데, 어젯밤에 조판중 행수랑 옥신각신하다가 화덕으로 떨어져 타 버리고 말았어."

아로는 쓸쓸한 표정으로 고개를 끄덕거렸다.

"알아. 어쩔 수 없지."

"그래도……."

길우는 차마 말을 잇지 못했다. 아로는 차라리 잘됐다고 생각했다. 그때 옥진이 절벽의 좁은 입구를 지나 헐레벌떡 뛰어오는 것이 보였다. 옥진은 숨을 몰아쉬면서 말했다.

"경, 경한 스님이……."

스님들과 목골 사람들은 일손을 멈추고 흥덕사로 내려갔다. 아로도 옥진과 길우의 부축을 받으면서 뒤를 따랐다.

"그게 정말이야?"

"맞아! 내 눈으로 똑똑히 봤어."

옥진은 거듭해서 사실이라고 말했지만 아로는 좀처럼 믿을 수가 없었다.

흥덕사에는 이미 소문을 듣고 몰려온 백성들로 가득했다. 어제까지만 해도 흥청망청하던 여행객들과 장사꾼들도 모두 침묵한 채 금당 앞으로 모여들었다. 아로도 사람들을 헤치고 금당 앞으로 갔다. 금당 안에 모인 스님들 너머로 낯익은 모습이 보였다. 아로는 저도 모르게 큰 목소리로 외쳤다.

"스님!"

금당의 불상 앞에서 가부좌를 튼 채 앉아 있던 경한 스님이 고개를 살짝 돌렸다. 지난여름 쓰러진 후 몇 달이나 의식을 잃고 있던 경한 스님이 홀연히 일어났다는 것도 놀랄 만한 일인데, 두 발로 걸어서 금당까지 걸어가셨다고 했다.

경한 스님은 혜천 스님과 다른 스님들에게 흥덕사에 원을 세워 돈벌이를 한다고 호통을 쳤다. 사색이 된 혜천 스님과 다른 스님들이 물러나자 경한 스님은 가부좌를 튼 채 합장을 했다. 아로는 눈물을 글썽이며 중얼거렸다.

"분명《직지심체요절》이 완성되는 걸 보기 위해 눈을 뜨신 거야."

석찬 스님과 달잠 스님이 허겁지겁 금당으로 들어가서 경한 스님 앞에 무릎을 꿇었다. 잠시 후, 석찬 스님이 아로와 옥진에게 손짓했다.

"스승님께서 찾으신다. 어서 들어오너라."

아로와 옥진은 짚신을 벗고 금당 안으로 들어갔다. 경한 스님은 얼굴이 조금 창백할 뿐 평소와 다름없었다. 경한 스님은 앞에 모인 네 사람에게 인자한 미소를 지었다.

"내가 잠을 좀 오래 잔 모양이구나. 그동안 맡은 바 일을 잘

해냈다고 들었다."

경한 스님의 얘기에 석찬 스님이 소매로 눈물을 훔치면서 말했다.

"스승님의 가르침 덕분입니다. 이렇게 자리를 털고 일어나신 모습을 보니 감개무량합니다."

"그게 어찌 나 때문이겠느냐? 포기하지 않은 너희와 자애로운 부처님의 보살핌 덕분이지."

눈시울이 붉어진 달잠 스님도 얘기했다.

"이제 조금만 기다리시면 《직지심체요절》이 완성됩니다. 부디 몸을 잘 추스르십시오. 저희가 금방 만들어서 스승님 앞에 보여 드리겠습니다."

아로는 그때 경한 스님의 얼굴에서 해탈의 경지에 이른 미소를 봤다. 경한 스님이 짧은 한숨과 함께 눈을 감으며 읊조리듯 말했다.

"이제 나는 부처님의 곁으로 갈 것이다."

석찬 스님이 바닥에 머리를 조아리고 울부짖었다.

"스승님. 어찌 그런 말씀을 하십니까? 아직 《직지심체요절》이 완성되지 않았습니다."

눈을 뜬 경한 스님이 불상을 올려다보면서 말했다.

"나에게는 이미 《직지심체요절》이 완성되었느니라. 그러니 내 죽음에 너무 슬퍼하지 말고 금속활자로 더 많은 불경을 만들어서 만백성에게 전파하도록 하여라."

달잠 스님이 울먹거리면서 대답했다.

"명심하겠습니다. 스승님."

"내 육신은 말바위를 바라보도록 돌려놓아라. 떠나간 동무
와 말벗하고 싶구나."

아로는 아랫입술을 깨물면서 눈물을 참았다. 그런 아로를
쳐다본 경한 스님이 힘없이 눈을 깜빡거리면서 말했다.

"길이 있다면……."

아로는 경한 스님과 함께 다음 구절을 읊었다.

"걸어야 할 뿐이지."

얘기를 마치고 눈을 감은 경한 스님의 고개가 한쪽으로 기울
어졌다. 하지만 합장을 한 손과 가부좌를 튼 몸은 꼼짝도 하지
않았다. 금당 밖에서 입적했다는 외침이 터져 나왔다.

경한 스님의 신비로운 입적 이후 며칠 동안 흥덕사에는 많
은 변화가 일어났다. 혜천 스님은 주지 자리에서 물러나 다른
절로 떠났다. 원이 문을 닫으면서 흥덕사는 다시 예전처럼 고
즈넉한 분위기로 돌아갔다. 입적한 경한 스님은 금당 뒤 작은
전각에 모셔졌다. 마지막 부탁대로 말바위 쪽을 바라볼 수 있
도록 돌려놨다.

목골 사람들과 스님들은 며칠 동안 함께 작업한 끝에 드디

어 선장본(線裝本, 표지를 만들고 구멍을 뚫어 끈으로 튼튼하게 묶어 만든 책으로 오래 보존할 수 있다.) 형태의 첫 번째 《직지심체요절》을 완성했다. 다들 약속이나 한 것처럼 그 자리에 서서 눈을 감은 채 합장을 했다. 첫 번째로 완성한 《직지심체요절》을 경한 스님이 모셔져 있는 전각에 가져다 놨다. 울적해진 아로에게 옥진이 쑥스러운 표정으로 뭔가를 건넸다.

"지난번에 네가 쓰러졌을 때 손에 쥐고 있던 금속활자야. 너한테 소중한 것 같아서 잃어버리지 말라고 목걸이로 만들었으니까 잘 가지고 다녀."

아로는 가죽 끈으로 연결한 금속활자를 건네받았다. 옥진이 정성껏 닦았는지 검댕이가 지워져 있었다.

"보니까 네 이름 중 한 글자인 것 같아서 뭔가 사연이 있겠다 싶었어."

아로가 옥진에게 부탁했다.

"네가 걸어 줄래?"

옥진은 금속활자를 받아서 목에 걸어 줬다. 아로는 목에 걸린 로(路) 자 금속활자를 물끄러미 내려다봤다.

때마침 청주 목사가 도착했다는 얘기가 전해지면서 작업장으로 돌아가려던 일행은 잠시 기다렸다. 붉은색 질손(質孫)에 발입모 차림의 청주 목사는 금당 앞에 모인 일행을 보고는 한걸음에 달려왔다.

"《직지심체요절》을 완성하였다는 얘기를 듣고 왔네."

석찬 스님이 다른 사람들을 대표해서 고했다.

"한 권을 완성해서 방금 스승님에게 바쳤습니다."

"고생했네. 돌아가신 경한 스님께서도 크게 기뻐하실 것이야. 개경으로 올라오라는 명을 받고 떠날 채비를 하던 중이네. 가기 전에 기쁜 소식을 들어서 다행일세."

"힘써 주신 덕분입니다. 하루 정도 말미를 주시면 두 번째로 만든 《직지심체요절》을 드릴 수 있을 듯합니다."

"과분하네만 영광으로 생각하겠네."

석찬 스님과 이런저런 얘기를 나누던 청주 목사의 눈길이 아로에게 향했다. 그러고는 뭔가에 놀란 것처럼 눈이 커졌다. 아로는 자신을 뚫어지게 바라보는 청주 목사의 시선이 부담스러워 얼굴을 옆으로 돌렸다. 석찬 스님과 얘기를 끝낸 청주 목사가 헛기침을 했다.

"내일 이 시간쯤 개경으로 떠날 걸세. 가는 길에 들를 테니 절 입구에서 만나세."

"그럼 내일 건네 드리겠습니다."

석찬 스님의 얘기를 들은 청주 목사가 아로를 가리키면서 말했다.

"괜찮다면 저 아이가 가져다줄 수 있겠는가?"

"그러겠습니다."

청주 목사가 돌아가고 일행은 다시 운천산으로 올라갔다. 어느덧 벽이 없어진 스님과 목골 사람들은 왁자지껄 얘기를 주고받으면서 일을 계속했다. 해가 떨어질 즈음《직지심체요절》이 몇 권 더 만들어졌다. 석찬 스님이 그중 한 권을 아로에게 건네면서 말했다.

"내일은 여기 올라오지 말고 절에서 기다리고 있다가 청주 목사가 오시면 건네 드려라."

"알겠습니다."

다음 날, 아로는 홍덕사 앞으로 갔다. 청주성 남문과 연결된 길가의 커다란 돌에 걸터앉은 아로는 청주 목사의 행렬을 기다렸다. 해가 뜨고 얼마 후 성문 쪽에 긴 행렬이 보였다. 흰옷에 챙이 달린 모자를 쓴 하인과 짐꾼들의 숫자가 어마어마하고, 수레와 말의 숫자도 엄청났다. 개경으로 올라간다는 청주 목사의 행렬이 틀림없었다.

길가에 선 아로는 붉은색 요선오자를 입은 채 검정색 말에 올라탄 청주 목사를 발견했다. 아로를 본 청주 목사는 한 손을 들어 행렬을 멈추게 하고는 말에서 내렸다. 그리고 주변 사람들을 모두 물리친 뒤에 아로에게 다가왔다. 아로는 품에 안고 있던《직지심체요절》을 건넸다. 청주 목사는 한숨을 내쉬면서 얘기했다.

"참으로 고맙구나. 괜찮다면 잠깐 얘기를 나누고 싶은데 말이다."

영문을 알 수 없던 아로에게 청주 목사가 물었다.

"목에 건 그 활자 말이다. 어디서 난 것이냐?"

"이거요?"

아로는 목에 걸린 활자를 내려다보면서 간단하게 내력을 설명했다. 그러자 청주 목사는 요선오자의 소매에서 조그마한 나무 상자를 꺼내 안에 들어 있던 금속활자를 보여 줬다. 금속활자의 글씨를 알아본 아로가 중얼거렸다.

"아(亞) 자네요."

"맞다. 십오 년 전에 목골을 떠날 때 우덕 대행수에게 이것의 다음 글자를 건네줬단다. 아들이 크면 나를 찾아올 수 있게 말이다. 그게 바로 로(路) 자란다. 내 아들 이름의 다음 글자지."

지금껏 목골 출신의 각수가 아버지일지도 모른다고 생각했던 아로는 뜻밖의 상황에 할 말을 잊었다. 아로의 손을 잡은 청주 목사가 아로의 눈을 들여다봤다.

"십오 년 전, 나는 어린 너와 네 어머니를 두고 목골을 떠났단다. 내 글솜씨를 아까워한 우덕 대행수가 금기를 깨고 날 마을 밖으로 내보낸 거지. 개경으로 가서 글공부를 하여 과거에 합격했고 관리가 되었단다."

"다들 아버지에 대해서 입을 다물었어요."

눈물을 글썽거린 아로의 말에 청주 목사가 고개를 끄덕거렸다.

"그랬을 게다. 겉으로는 금속활자를 만드는 일에 참여했다는 죄목으로 쫓겨난 것이었으니까. 내가 과거 시험을 보는 것이 알려지면 네 어머니와 너도 목골에서 쫓겨나야 했기 때문에 거짓말을 해야만 했다. 목골을 떠날 때는 내 한 몸도 추스르지 못하는 상황이라 혼자 나올 수밖에 없었단다. 정말 미안하다."

아로의 어깨에 손을 올리며 청주 목사가 말을 이어 갔다.

"과거에 합격하고 자리를 잡은 이후에는 목골에 은밀히 사람을 보내서 근황을 듣고 있었단다. 네 어머니가 죽었다는 소식을 듣고는 가 보고 싶었지만 우덕 대행수가 극력 반대해서 결국 가지 못했단다. 갑자기 나타나면 나나 너에게 모두 좋지 않을 것이라고 하면서 말리셨지."

아랫입술을 지그시 깨문 아로는 고개를 떨궜다. 그런 아로의 손을 꼭 잡으면서 청주 목사가 떨리는 목소리로 말을 이어 갔다.

"작년 가을쯤에 우덕 대행수가 청주 목사로 내려온 나에게 사람을 보내서 곧 아들을 볼 수 있을 것이라고 했단다. 그런데 돌아가셨다는 소식이 전해지고 너도 마을에서 사라졌다는 얘기를 들었다. 그러다가 오늘 이렇게 너를 만나게 되었구나. 미안하고 고맙다. 아들아."

청주 목사는 아로를 와락 끌어안았다. 그리고 두툼한 손으로 등을 쓰다듬으면서 말했다.

"나와 같이 개경으로 올라가자꾸나. 글공부도 시켜 주고 편하게 지내도록 해 주마."

그때 아로의 눈에 행렬 중간에 있는 가마가 보였다. 아로의 시선을 느낀 청주 목사가 겸연쩍은 표정으로 말했다.

"개경에서 관료로 크려면 문벌귀족의 여식을 경처(京妻, 지방 출신의 관리가 개경에 올라가서 결혼한 여성)로 맞이해야 했단다. 내가 잘 얘기해 놓으면 아무 문제 없을 거다."

잠깐 고민하던 아로는 고개를 저었다.

"저는 여기 남겠습니다."

"여기 남겠다니?"

"할 일이 있습니다."

"《직지심체요절》을 찍는 것 말이냐? 그건 다른 사람에게 맡겨도 될 일이다."

아로는 망설이지 않고 단호하게 고개를 저었다.

"아뇨. 제가 반드시 있어야 해요. 그러니까 제 걱정은 하지 마세요."

아로의 단호한 눈빛을 본 청주 목사는 체념했다.

"십오 년 만에 꿈에도 그리던 아들을 만났는데 이렇게 헤어져야 하다니, 개경에 도착하자마자 소식을 전하겠다. 너도 답

장을 하는 걸 잊지 말아라."

"알겠습니다."

청주 목사는 차마 발걸음이 떨어지지 않는 듯 몇 번이고 뒤를 돌아봤다. 청주 목사가 말에 오르자 멈췄던 행렬이 다시 움직였다.

아로는 행렬이 눈에 보이지 않을 때까지 지켜보다가 발걸음을 돌렸다. 아로의 눈앞에 새로운 직지의 길이 펼쳐졌다. 그 길의 저편에서 묘덕 할머니와 경한 스님의 모습을 발견한 아로는 따뜻한 미소를 지었다.

덧붙이는 글   스포일러가 될 수 있으니 가급적 책을 다 보고 읽어 주세요.

— 《직지심체요절》의 편저자로 알려진 백운 선사는 충렬왕 24년인 1298년에 태어났다. 백운 선사는 중국으로 건너가서 석옥 선사와 인도에서 온 지공 선사의 가르침을 받고 돌아왔다. 불법을 깨우치고 후학을 양성하는 데 힘썼다. 취암사 주지 등을 역임하다가 공민왕 23년인 1374년에 입적했다. 《직지심체요절》은 백운 선사가 입적하고 3년 후 우왕 3년인 1377년에 만들어졌다. 따라서 1376년 《직지심체요절》에 들어갈 금속활자를 한참 만들고 있을 때 백운 선사가 살아 있다는 소설의 설정은 사실과 다르다. 백운은 호이고, 경한은 법명이다. 또한 백운 선사는 흥덕사의 주지로 있었던 적이 없다.

— 《직지심체요절》은 현재 금속활자로 인쇄한 책 가운데 세계에서 가장 오래된 책이다. 서양의 구텐베르크보다 78년 먼저 완성되었다. 현존하는 최초의 금속활자라는 문화유산으로서의 가치를 인정받아서 2001년 유네스코 세계기록유산으로 지정되었다.

— 《직지심체요절》은 백운 선사가 생전에 쓴 것으로 오해받고 있지만 사실은 스승에게 받은 책에 자신이 가려 뽑은 글을 추가했다. 따라서 저자라기보다는 편저자에 가깝다. 백운 선사는 성불사에 있을 때 《직지심체요절》을 엮었다. 흥덕사에서 금속활자로 찍은 《직지심체요절》은 그의 사후, 제자들에 의해서 만들어진 것이다.

— 《직지심체요절》은 상, 하 두 권으로 구성되어 있으며 현재 남아 있는 것은

하권뿐이다. 현재 우리나라에 있지 않고 프랑스 국립도서관 중앙 문헌실에 보관되어 있다. 20세기 초 프랑스 외교관인 콜랭 드 플랑시(Collin de Plancy) 가 우리나라의 책과 미술품을 구입했는데 이때《직지심체요절》도 함께 손에 넣은 것으로 보인다. 프랑스로 넘어간《직지심체요절》은 경매를 거쳐서 구입한 사람의 유언으로 프랑스 국립도서관에 기증했다. 한국에서는 반환을 요구하고 있지만 프랑스는 여러 가지 이유를 들어서 반대하고 있다.

— 프랑스로 건너간《직지심체요절》이 국내에 널리 알려지게 된 것은 박병선 박사의 노력 덕분이다. 서울대학교 역사교육과 출신의 박병선 박사는, 1955 년 우리나라 여성 최초로 프랑스에 유학 비자를 받아 유학한 분이다. 프랑스에서 박사 학위를 받은 박병선 박사는 프랑스 국립도서관에서 사서로 일하면서 그곳에 보관되어 있던《직지심체요절》을 발견했다. 1972년, 이 사실을 공개해서《직지심체요절》이 현존하는 가장 오래된 금속활자라는 사실을 널리 알렸다. 그 밖에도 프랑스가 병인양요 때 약탈해 간 외규장각 도서들도 찾아내 국내에 반환시키는 데 큰 기여를 했다. 그 후에도 프랑스에서 한국 관련 연구를 계속하다가 2011년 세상을 떠났다.

—《직지심체요절》을 찍을 때 참여한 승려는 석찬과 달잠, 비구니 묘덕이다. 석찬은《백운선사어록》을 정리했으며 묘덕은 홍덕사의 금속활자본과 취암사의 목판본《직지심체요절》의 간행에 관여했다. 학계에서는 석찬과 달잠이 스승인 백운 선사의 사후《직지심체요절》을 홍덕사와 취암사에서 각각 금속활자본과 목판본으로 간행한 것으로 보고 있다. 이때 묘덕이 간행에 필요한 비용을 시주한 것으로 보고 있다. 소설에 나오는 석찬 스님과 달잠 스님의 나이와 성격, 외모는 모두 작가의 상상이다. 제작에 관여한 묘덕이 홍덕사의 창건자이자 공양주였다는 것 역시 전적으로 작가의 상상이다.

— 현재 전해지는 《직지심체요절》의 목판본은 홍덕사에서 금속활자를 인쇄한 다음 해인 1378년에 여주의 취암사라는 사찰에서 법린 스님의 주도로 제작된 것이다. 현재 목판본 《직지심체요절》은 국립중앙박물관과 한국학중앙연구원의 장서각, 전라남도 영광의 불갑사 등에 보관되어 있다. 따라서 본문에서 금속활자로 찍기 전에 《직지심체요절》의 목판본이 존재했다는 애기는 역사적 사실과 다르다.

— 금속활자로 《직지심체요절》을 인쇄한 홍덕사는 9세기경에 창건되었다가 15세기경에 폐사된 것으로 추정된다. 기록으로만 남아 있고 실제 위치가 확인되지 않았는데, 1985년 충청북도 청주시 운천동에서 실시된 발굴 조사에서 홍덕사의 위치를 확인할 수 있는 유물이 발견되면서 최종적으로 위치가 확인되었다. 현재 금당과 석탑이 복원되어 있으며 사적 제315호로 지정되어 있다. 바로 옆에 청주 고인쇄박물관이 있다.

— 청주 고인쇄박물관에서는 《직지심체요절》의 제작 과정을 모형으로 섬세하게 복원했다. 그 밖에도 《직지심체요절》에 관한 각종 자료를 전시하고 있다.

참고 문헌

단행본

무비 스님,《무비 스님 직지 강설》(하), 불광출판사, 2011.

박상진 엮음,《직지 이야기: 신비롭고 재미있는》, 태학사, 2013.

이세열,《잃어버린 직지를 찾아서: 직지가 프랑스로 가게 된 비밀을 추적하다》,
이담북스, 2009.

천승령,《하이라이트 14종 문학 고전운문》, 지학사, 2012.

청주고인쇄박물관 엮음,《직지》, 태학사, 2008.

황선주,《직지의 세계》, 지샘, 2004.

논문

김기태,《《직지심경》의 역사적 배경에 관한 연구〉,《교육논총 15》, 1998.

남권희 · 김성수 · 이승철 · 임인호, 〈프랑스국립도서관 소장《직지》원본 조사
연구〉,《서지학연구》제35집, 2006.

박병선, 〈유네스코 세계기록유산《직지》간행과 의미〉,《한국전통문화연구》
제12호, 2013.

이승철,《《직지》에 사용된 활자와 조판에 대한 분석 연구〉,《서지학연구》제38집,
2007.

이홍기, 〈직지를 찾아내다〉,《도서관문화》제54권 제4호(통권 제454호), 2013.

조형진, 〈직지활자의 주조 · 조판 방법 연구〉,《서지학연구》제39집, 2008.

황정하, 〈고려시대 금속활자의 발명과《직지》활자 주조방법〉,《서지학연구》
제32집, 2005.

작가의 말

이 이야기는 어느 식당에서 혼자 식사를 하면서 듣게 된 얘기에서 시작되었습니다. 식당의 텔레비전에서 기계의 개발로 인해 공장의 자동화가 빨라진다는 뉴스가 나왔습니다. 옆자리에서 식사를 하고 있던 중년의 두 남성이 이러다 사람들이 일자리를 잃게 될지도 모른다면서 우려를 나타냈습니다. 그들의 말투나 옷차림으로 봐서는 분명 그 기계들과 경쟁해야 하는 공장의 노동자들이었습니다.

그들의 걱정은 가족들에게 옮겨 갔습니다. 보통 새로운 기술의 발명은 혁신을 통해 사회를 발전시킨다고 생각합니다. 하지만 부인과 아이들을 부양해야 하는 그들에게는 재앙일 뿐이었죠. 이런 거부감은 뿌리가 깊어서 산업혁명 시기 영국의 노동자들은 자신들의 임금을 깎는 주범인 기계들을 부수는 러다이트 운동을 펼친 적이 있습니다.

그들의 이야기를 듣는 동안 때마침 관심을 가지고 있던 《직지심체요절》과 이야기를 연결시키는 것이 어떨까 하는 생각이 들었습니다. 《직지심체요절》은 현재 프랑스 국립도서관에 보관되어 있는 가장 오래된 금속활자 인쇄본입니다. 그 이전에는 책을 만들기 위해서는 손으로 일일이 옮겨 적거나 목판에 글씨를 새겨서 찍어야만 했습니다. 하지만 손으로 옮겨 적는 건 시간이 너무 오래 걸리고, 목판은 제작과 보관이 무척 어렵다는 단점이 있습니다.

합천 해인사에 있는 팔만대장경은 글자 그대로 팔만 개의 목판에 글씨를 새긴 것입니다. 하지만 책으로 엮을 경우 팔만대장경 전체 분량은 1,500페이지에 불과합니다. 반면 금속활자는 활자가 하나씩 분리되기 때문에 목판처럼 책의 내용 전체를 만들지 않아도 됩니다. 거기다 보관도 간편하고 나중에 다른 책을 만들 때도 얼마든지 쓸 수 있다는 장점이 있습니다. 그래서 고려 시대에는 금속활자로 책을 찍으려는 노력이 계속됩니다. 조선 시대로 접어들면서는 금속활자로 책을 인쇄하는 것이 보편화되었습니다.

목판 대신 금속활자를 쓰는 것은 분명 혁신과 발전이라고 할 수 있습니다. 하지만 목판에 글씨를 새기던 사람이나 그걸로 책을 만들던 사람에게도 과연 환영을 받았을까요?

현대와 달리 고대와 중세에는 개인이 직업을 자유롭게 선택할 수 없었습니다. 대대로 이어져 오는 일을 그냥 물려받거나 자신의 신분에 걸맞은 직업을 선택해야만 했습니다. 아마 목판 인쇄를 하던 사람들도 마찬가지였을 겁니다. 평생을 그렇게 살아온 그들에게 금속활자의 발명과 보급은 청천벽력이나 다름

없었다고 봅니다.

하지만 우린 금속활자의 발명에만 열광했지 역사의 뒤안길로 사라져 간 이들의 목소리에는 귀를 기울이지 않았습니다. 그 후에도 며칠 동안 고민을 거듭했지만 사실 이야기의 뼈대는 식당에서 아저씨들의 얘기를 들으면서 만들어졌습니다. 어쩌다 양쪽의 가운데 놓인 아로가 고민과 갈등을 통해 성장해 가는 이야기는 발전이 가져온 진통을 은유하기도 합니다.

세상에는 보이는 것이나 기록된 것이 전부가 아닙니다. 누군가에게 기쁨과 환희가 다른 누군가에게는 고통과 절망일 수 있다는 사실은 수학 공식이나 영어 단어만큼이나 우리가 알아야 할 공식이라고 생각합니다. 타인에 대한 이해가 없이는 사회를 올바로 바라볼 수 있는 균형 감각과 배려심을 가질 수 없기 때문입니다.

역사를 바라볼 때도 마찬가지입니다. 선입견을 가진 채 역사를 바라보게 된다면 많은 것을 놓치게 됩니다. 만약 제가 금속활자의 발명이 민족의 영광이자 자랑스러운 일이라고만 생각했다면《직지를 찍는 아이, 아로》는 결코 쓰지 못했을 겁니다.

아울러 이번 이야기를 쓰면서 알게 된 고(故) 박병선 박사에 대해서 얘기하고 싶습니다. 프랑스로 건너간 것만 알려져 있을 뿐 행방을 알 수 없던《직지심체요절》을 세상에 알린 것은 전적으로 박병선 박사의 노력 덕분입니다. 프랑스 국립도서관 사

서로 일하던 박병선 박사는 그 일 때문에 많은 불이익을 받아야만 했습니다. 박병선 박사가 아니었다면 우리는 아직도 《직지심체요절》의 행방을 모르고 있을 가능성이 높습니다. 한 사람의 노력이 세상을 바꿨다는 사실을 가장 잘 증명하는 사례가 아닌가 싶습니다.

저는 아직 아이가 없지만 만약 태어난다면 이분 같은 삶을 살라고 얘기하고 싶습니다. 누군가에게 기억될 만한 삶을 산다는 것은 아무에게나 주어지는 기회가 아니기 때문입니다. 소설에서 아로가 괴로움과 고민을 뚫고 자신의 삶을 찾아갔듯이 대한민국의 청소년들이 스스로의 삶을 살기를 바랍니다.

2016년 여름
개웅산 자락에서
정명섭

오늘의
청소년
문학
16

다른 인스타그램

뉴스레터 구독

직지를 찍는 아이, 아로

초판 1쇄 2016년 5월 30일
초판 9쇄 2024년 11월 15일

지은이 정명섭

펴낸이 김한청
기획편집 원경은 차언조 양선화 양희우 유자영
마케팅 정원식 이진범
디자인 이성아 김현주
운영 설채린

펴낸곳 도서출판 다른
출판등록 2004년 9월 2일 제2013-000194호
주소 서울시 마포구 동교로 27길 3-10 희경빌딩 4층
전화 02-3143-6478 **팩스** 02-3143-6479 **이메일** khc15968@hanmail.net
블로그 blog.naver.com/darun_pub **인스타그램** @darunpublishers

ISBN 979-11-5633-088-2 44810
        978-89-92711-57-9 (set)

다른 다른 생각이
다른 세상을 만듭니다